WIDMUNG

Dieses Buch widme ich meiner Ehefrau Franziska, die immer für mich da ist und die ich über alles liebe,

meiner Familie, die mich immer unterstützt,

und meinem Freund Stefan, der stets mit mir durch dick und dünn geht.

Findet Alex!

- von Freunden und Feinden -

ein Jugend- und Entwicklungsroman
von Thomas Koopmann

Copyright © 2017 Thomas Koopmann

Alle Rechte vorbehalten.
Umschlaggestaltung: Franziska Koopmann

Lektor: Thomas Koopmann

Verlag: tredition GmbH
          Grindelallee 188
          20144Hamburg

ISBN Paperback 978-3-7439-4744-3
ISBN Hardcover 978-3-7439-4745-0
ISBN e-Book 978-3-7439-4746-7

Printed in Germany

Bibliografische Information der Deutschen Nationalbibliothek:
Die Deutsche Nationalbibliothek verzeichnet diese Publikation
in der Deutschen Nationalbibliografie; detaillierte bibliografische Daten sind im Internet über http://dnb.d-nb.de abrufbar.

1

„Ey, Spasti!" Zu spät sah Titus die leere Zigarettenschachtel auf sich zufliegen, die ihn mit einem hohlen Geräusch am Kopf traf und danach unbeholfen zu Boden segelte. Die Schachtel, nicht Titus. Denn auch wenn er stets etwas unbeholfen und wankend durch die Gänge der Heinrich-Böll-Gemeinschaftsschule watschelte, trotzte sein stabiler Körperbau jeder Art von Pappattacke. Selbst an den Kopf gedonnerte Donuts konnten ihn, und das wusste er aus sicherer Erfahrung, nicht aus dem Gleichgewicht bringen, wobei das Geräusch fettigen Gebäcks, das an die Rübe eines Vierzehnjährigen klatschte, fülliger und wuchtiger klang als das leerer Kippenschachteln.

Im Laufe seiner Schulzeit hatte Kevin ihm das Sortiment ganzer Bäckereibetriebe an den Kopf geballert, aber Zigarettenpäckchen – ja, das war mal was Neues. Und so erwachsen! Womöglich hatte Kevin die gesamte Nacht wach gelegen, um diese geniale Idee in allen Einzelheiten zu planen, alle Eventualitäten abzuwägen und jeden Schritt sorgsam durchzugehen. Doch sicherheitshalber hatte er sich, wie immer, Unterstützung dazugeholt. Denn vier Augen sahen bekanntlich mehr als zwei und zwei

Spatzenhirne ergaben beinahe schon ein normales. Neben Kevin hockte nämlich Matthias auf der Fensterbank des Schulganges, grinste bis über beide Ohren und musterte Titus mit einem höhnischen Blick.

„Na! Wochenende schön gelernt? Oder was treiben Spackos wie du so, wenn keine Schule ist?"

Titus sah zunächst auf Kevin, dann auf Matthias und wieder zurück. Beide waren ein Jahr älter als er und sahen aus wie aus einem dieser bescheuerten Musik-Videos, die Titus aus dem Fernsehen kannte; nur mit dem Unterschied, dass Kevin allerhöchstens mit Müll anstatt mit Dollarscheinen um sich schmeißen und Matthias statt mit heißen, nackten Frauen mit einer stattlichen Pickelsammlung angeben konnte. Ansonsten stimmte das Gangster-Image schon recht gut mit dem der anderen Möchtegern-Badboys überein, die Titus' dreizehnjährige Schwester Melanie als lebensgroße Poster über ihrem Bett hängen hatte.

Kevin hatte raspelkurzes, blondes Haar, ein schmales Gesicht, trug zerrissene Jeans und ein Death-Metal-Shirt. Matthias' Haare waren eine fettige, dunkelbraune Matte, die er morgens unbeholfen nach oben gelte. Er trug am liebsten abgewetzte Jogginghosen und hautenge T-Shirts, die seinen (nicht vorhandenen) Bizeps unterstreichen sollten. Die beiden waren einen knappen Kopf größer als Titus, obwohl sie immer wie zwei Schimpansen leicht vorgebeugt liefen. Die zwei Halbaffen gingen in seine Parallelklasse, die 8b, und mussten gemeinsam eine Ehrenrunde drehen, weil die Noten Eins bis Drei auf ihrem Zeugnis seltener waren als die Blaue Mauritius.

„Was ist los, Penner? Nix deutsch, oder was?" Kevin funkelte ihn mit seinen grünen, zusammengekniffenen Augen an. Titus suchte krampfhaft nach einer schlagfertigen Antwort. „Äh!" Na also, ging doch.

„Äh! Was?", zischte Matthias, während er sich mit dem Zeigefinger das linke Nasenloch zuhielt und das rechte mit der Wucht eines Kompressors auf Titus' fliederfarbenem Pullover entleerte.

„Guck mal. Der Idiot kann seine Farbe wechseln - von tuntenrosa zu grün." Die beiden grölten vor Lachen.

„Ja, stimmt. Wie diese Echsenviecher", grunzte Matthias.

„Du meinst Chamäleons", entfuhr es Titus unabsichtlich. Schlagartig verstummten die beiden und starrten ihn wütend an.

„Was hast du gesagt? Reißt du jetzt die Fresse auf? Hä?"

Titus verfluchte sich selbst für seinen Kommentar. Doch noch ehe er etwas erwidern konnte, sprangen die beiden von der Fensterbank, kamen auf ihn zu und umkreisten ihn. Also, sie umkreisten ihn nicht wirklich, denn sie waren ja nur zu zweit, aber Titus vermutete, dass die beiden das bereits für einen Kreis hielten.

Jetzt musste er improvisieren, ansonsten hätte er in wenigen Sekunden Hein Blöds Faust im Gesicht. „Ich… äh… na ja… das fiel mir gerade so ein, weil ich doch von einem dieser Viecher gebissen worden bin und", er räusperte sich, „immer noch mit diesen schrecklichen Folgen zu kämpfen habe. Ihr wisst schon!"

„Wat?" Matthias zog eine Grimasse. Nicht, dass sein Gesicht sonst wesentlich hübscher anzuschauen war, aber wenn er sich über etwas wunderte, und das kam bei ihm oft vor, legte er die Stirn in Falten und rümpfte die Nase. Ein bisschen sah er dann aus wie ein Klingone mit Verstopfungen, aber das behielt Titus lieber erst einmal für sich. Zunächst musste er aus dieser Chamäleonnummer wieder raus.

„Ja, mich hat doch letzte Woche so ein Biest gebissen. Mit Blut und all dem ganzen Drumherum."

„Geil!" Kevin grinste.

„Na ja, und dann musste ich ins Krankenhaus."

„Hat er dir in den Schniedel gebissen?" Die beiden klatschten sich lachend ab, während Titus seinen linken Ärmel hochkrempelte und auf eine kleine, kaum erkennbare Narbe deutete.

„Nein, in den Arm. Direkt hier. Seht ihr? Auf jeden Fall musste ich sofort ins Krankenhaus und habe eine Tetanus-Spritze bekommen."

„Eine Tetra- was?" Matthias verwandelte sich wieder in einen Klingonen.

„Tetanus. Das bekommt man, wenn man gebissen wurde und die Gefahr besteht, dass man dadurch weich im Kopf wird."

Die Bemerkung *So wie ihr* sparte er sich klugerweise.

„Auf jeden Fall hat der Arzt gemeint, dass die Gefahr, sich anzustecken, in einer Woche bei null Prozent liegt und..."

„Hä? Wieso anstecken?" Kevin und der außerirdische Faltenkopf guckten sich fragend an.

„Ihr wisst doch. Wenn man mit so Virus-Zeugs infiziert ist, dann kann man das über die Haut und so übertragen. Deswegen setzt Frau Müller mich in der Klasse auch diese Woche ganz nach hinten. Die anderen wissen schon Bescheid. Ist alles halb so wild. Man bekommt höchstens Übelkeit, etwas Jucken und vielleicht Haarausfall, wenn man sich ansteckt. Aber wie gesagt, das geht nur über Hautkontakt. Oder Speichelaustausch und so." Hoffentlich funktionierte der Bluff.

„Alter, du bist echt ein Freak", zischte Matthias. Doch anstatt sich weiter drohend vor Titus aufzubauen, wich er, beinahe unmerklich, einen Schritt zurück. Hatte der sonst so harte Spinner etwa Schiss vor der Chamäleonseuche? Es schien fast so, denn *Matze*, wie ihn nur die anderen obercoolen Jungs nennen durften, hielt sich die Hand vor die Nase. Er hatte wohl Angst, die Chamäleon-Viren könnten über seine Atemwege in den Körper gelangen und ihn zu einem unkontrollierten Spasten machen. Falls ja, Glückwunsch. Das hatte er bereits ohne die Viren geschafft.

„Wir sehen uns noch!" Und während die beiden weggingen, wobei sie rückwärts liefen, damit die Viren nicht von hinten über sie herfallen konnten, überlegte Titus fieberhaft, ob und wie die beiden wohl herausbekommen würden, dass es keine Chamäleonseuche gab. Aus Büchern würden sie es wohl nicht erfahren, denn die benutzten Matthias und Kevin allerhöchstens als Bierdeckel. Auch die Narbe an Titus' Arm stammte nicht von einer blutigen, heldenhaften Schlacht mit einem zwanzig Zentimeter großen Reptil, sondern von seiner eineinhalb Jahre jüngeren Schwester Melanie. Sie hatte Titus nämlich vor einem halben Jahr während eines *sachlichen* Gesprächs in der Küche glaubhaft versichern können, dass ihr Hintern in Leggings gar nicht zu fett sei. Und wie alle großen Redner hatte sie ihre Aussage mit einem schlagkräftigen

Argument untermauert und Titus vorsorglich eine Gabel in den Arm gerammt. Sicher war ja bekanntlich sicher und Titus war seither fest davon überzeugt, dass seine Schwester in allem, was sie trug, den knackigsten Hintern *ever* hatte.

Gut, dass *Matze* und Kevin von der Leggings-Diskussion nichts wussten. Die Geschichte mit dem Tierbiss klang ja auch viel cooler und hielt ihm die beiden Nervensägen wenigstens für einige Tage vom Hals. Und dann würde der ganze Schwachsinn wieder von vorne losgehen. Alles in allem war es ein ganz normaler Schultag im Leben eines ganz normalen Freaks. Dass die Mädchen in seiner Klasse seinen Vornamen heute Vormittag in „Titti" umbenannt hatten, stellte zwar eine kleine Abwechslung von den üblichen Sticheleien dar, war aber auch nichts sonderlich Kreatives.

Nach der fünften Stunde ertönte endlich die erlösende Schulglocke, deren schrilles Kreischen nur noch von Frau Scherings „*Ich* beende die Stunde, nicht der Gong" übertrumpft wurde. Und nachdem sie auf pädagogisch wertvolle Weise ein paarmal mit dem Klassenbuch auf das Pult eingedroschen und alle Schüler die Deutschunterlagen wieder auspacken lassen hatte, erklärte sie mit einem breiten Grinsen, dass die Stunde nun zu Ende sei.

Auf dem Nachhauseweg von der fünfhundert Meter entfernten Bushaltestelle, an der er jeden Tag nach der Schule ausstieg, betrachtete Titus seinen Pullover und den Fleck genauer, den ihm Matthias freundlicherweise nasal überlassen hatte. Grün war er nicht mehr, eher ockerfarben. Dafür erinnerte der Umriss jetzt ein wenig an eine Brezel. Seiner Mutter würde er einfach erzählen, er habe sich beim Niesen eine Brezel auf den Pulli gerotzt - ja, das würde sie glauben und sich, wie Mütter das eben so machen, liebevoll um das Problem kümmern. Und wenn sie den Dreck nicht herausbekam, würde der fliederfarbene Pullover, den Titus' Mutter für „ach so unwiderstehlich" hielt, endlich zum Putzlappen verarbeitet werden. *Tut mir leid, mein Junge, der Fleck ging nicht raus!* Titus grinste bei dem Gedanken. Für die fröhlich lachende Frau aus der Waschmittelwerbung, die Titus aus dem Fernsehen kannte, wäre der Fleck sicherlich kein Problem, denn sie war schon mit ganz anderen Verschmutzungen klargekommen. Flecken machten der Frau sogar Freude. Zumindest erzählte sie das ständig in der Werbepause. Andererseits hatte die nette Fernsehdame aber auch den ganzen lieben langen Tag nichts anderes zu tun, als in ihrer strahlend sauberen Küche darauf zu warten, dass ihre Kinder mit

Schokoladen-, Gras-, Himbeer- und Vogelscheißeflecken beschmiert ins Haus gestürmt kamen.

Titus' Mutter stand nie fröhlich lachend vor der Waschmaschine und versprach der Familie auch nicht, dass sie dank ihres neuen Waschmittels mit Aktivperlen ruckzuck alle Flecken entfernen könne. Stattdessen war Frau Henke die meiste Zeit auf der Arbeit und zeigte irgendwelchen reichen Leuten irgendwelche Häuser, damit die reichen Leute dann irgendwelchen anderen reichen Leuten zeigen konnten, wie reich sie waren.

Das Waschen erledigte sie nebenbei am Wochenende oder Titus' Vater übernahm diese Aufgabe. Aber auch er hatte nicht viel mit der Waschmittelreklamefrau gemeinsam, die wahrscheinlich in einem Haus für reiche Menschen lebte, das ihr von einer Immobilienmaklerin verkauft worden war, die reichen Leuten Häuser für Reiche verkaufte, um anderen waschwütigen reichen Hausfrauen zu zeigen, wie reich sie mit Hilfe ihrer Waschmaschine geworden war.

Verrückte Welt, dachte Titus, während er in die Einfahrt seines Elternhauses einbog. Es war ein fast fünfzig Jahre altes Einfamilienhaus mit einem etwas windschiefen Dach, das links und rechts beinahe die großen Tannen berührte, die das Grundstück umsäumten. Das Dach war nicht wirklich windschief. Herr Henke hatte vielmehr darauf bestanden, es selbst zu decken, und das war dabei herausgekommen. Titus hatte sich fest vorgenommen, ihn eines Tages zu fragen, ob er beim Dachdecken besoffen gewesen sei, doch er fürchtete sich vor der Reaktion. Es konnte nämlich passieren, dass dann die ganze Familie helfen durfte, das windschiefe Dach abzudecken und neu zu richten; nur um dann festzustellen, dass das Ergebnis wieder einem Sturmschaden glich.

Titus stieg die drei Stufen bis zur Haustür hinauf und betrachtete die rote Katzenklappe, die im Vergleich zum Dach doch recht gerade in die Haustür gesägt worden war. Herr Henke hatte sie erst letztes Jahr eingebaut, da seine Frau sich nichts sehnlicher gewünscht hatte als zwei Katzen. Kurzum und ohne langes Gerede hatte er zur Säge gegriffen und die Haustür malträtiert, während seine Gattin sich in der Zwischenzeit überlegt hatte, dass sie doch eher auf Hunde stand.

Zwar hatte „Wuschel", wie Frau Henke ihren Yorkshire Terrier getauft hatte, die optimale Größe für die Katzenklappe, doch leider machte der Hund keinen Gebrauch davon. „Wuschel hat eben Stil und schlüpft nicht durch so eine alberne Klappe", hatte sie daraufhin versichert, wohingegen der Rest der Familie hinter ihrem Rücken gelästert hatte, dass der Hund einfach zu doof sei, die Klappe zu öffnen. Aber - doof hin oder her - ungenutzt war die neue Konstruktion dennoch nicht geblieben, wie Titus eines Nachts festgestellt hatte. Im Gegensatz zu Wuschel hatten die Nachbarskatzen das Prinzip der Klappe nämlich sofort durchschaut und bewiesen, dass man innerhalb weniger Minuten in ein Gebäude schlüpfen, auf den neuen Teppich der Familie pinkeln und dann wieder verschwinden konnte. Wuschel hatte dem bunten Treiben zwar aufmerksam zugeschaut, aber nicht eingegriffen. Womöglich, so hatte Titus gemutmaßt, war er einfach von der Frage überrumpelt gewesen, wie es fünf, teilweise fettleibige Katzen geschafft hatten, durch eine geschlossene Haustür zu schlüpfen.

Titus zog seinen Schlüssel aus der Hosentasche und schloss die Haustür auf, welche sich mit einem leichten Knarren öffnete. Er schritt durch den Flur, begrüßte Wuschel mit einem Krauler hinter dem linken Ohr, stellte seinen Rucksack im Flur ab und ging in die Küche.

„Hi, ich bin wieder da!"

„Herrje!" Sein Vater sah erschrocken vom Küchentisch auf. Um ihn herum lagen unzählige Kleinteile aus Plastik und Metall verstreut. „Ich habe dich gar nicht reinkommen hören, mein Junge."

„Ähm?" Titus starrte auf den Tisch und deutete auf den undefinierbaren Kleinteilehaufen.

Herr Henke folgte seinem Blick. „Ach so! Die Teile hier. Ja, weißt du, deine Mutter hat sich beschwert, dass die Radiosender ständig rauschen, und ich wollte einen Verstärker einbauen, um den Empfang zu verbessern. Aber irgendwie… Kaum hat man mal zwei Schrauben rausgedreht, fällt einem das ganze Innenleben des Radios entgegen."

Titus verdrehte die Augen. Er wusste, was jetzt folgte: Die übliche *„Früher hat man für sein Geld wenigstens noch anständige Qualität bekommen"*-Rede, gefolgt vom *„Da konnte man noch alles selbst reparieren"*-Vortrag. Und wenn Titus Glück hatte, folgte als Sahnehäubchen noch ein deftiger *„Ich wette die Bosse dieser Produktionsfirmen würden ihre Schrottprodukte selbst nicht kaufen"*-Abschluss.

„Eines kann ich dir versichern." So – und los ging's! „Als ich in deinem Alter war, da hat man für ein paar Mark anständige Ware bekommen. Das war noch richtige Technik. Deutsche Wertarbeit! Und soll ich dir was sagen? Das Zeugs konnte man noch selbst reparieren. Aufschrauben, reparieren, zuschrauben. So einfach war das damals. Und heute bricht dir der ganze Mist schon in tausend Teile, wenn du mit dem Schraubenzieher nur in die Nähe des Geräts kommst." Herr Henke drehte frustriert mit dem Zeigefinger am Senderrädchen des ausgeschlachteten Radios herum. „Und ich wette mit dir, dass die Chefs der Firmen, die sowas produzieren, sich ihre Produkte selbst niemals in ihre Villen stellen würden. Die wissen nämlich ganz genau, was das für ein Schrott ist, den die da fabrizieren. Die kaufen dann lieber Produkte von anständigen Unternehmen."

„Und warum tust du das nicht?", erwiderte Titus, doch er kannte die Antwort schon.

„Weil die, die noch gute Qualität verkaufen, gleich das Zehnfache für die Geräte verlangen und ich bin weiß Gott nicht der Schar von Persien."

„Na dann, viel Glück beim Zusammenbauen." Dass sein Vater sehr viel Glück brauchen würde, stand für Titus außer Frage. Herr Henke war leidenschaftlicher Bastler und Erfinder. Na ja, das war vielleicht etwas übertrieben. In der Regel schraubte er einfach irgendwelche Geräte auseinander, fummelte dann darin herum und baute sie wieder zusammen, wobei am Ende immer zwei bis drei Bauteile übrig blieben, von denen er stets behauptete, dass man sie eh nicht brauche. Einmal hatte er sogar versucht, den neuen Hightech-Backofen seiner Frau an einen Computer anzuschließen, um die Hitze beim Backen mittels Software steuern zu können. Das mit der Hitze hatte auch ganz gut funktioniert, allerdings hatte sich diese nicht im Herd entwickelt, sondern im Computer, der schließlich lichterloh abgefackelt war.

Wenn das Familienoberhaupt nicht gerade Technik zerlegte oder Dinge im Haushalt zu reparieren versuchte, verdiente er Geld mit Gelegenheitsjobs. Eigentlich war er gelernter Bürokaufmann, doch diesen Beruf hatte er schnell wieder an den Nagel gehängt. Warum, das hatte Titus nie verstanden. Sein Vater hatte einmal etwas gesagt wie, er sei ein *Freigeist* und wolle sich nicht von der Wirtschaft versklaven lassen, oder so ähnlich. Was genau ein *Freigeist* war, das wusste Titus auch nicht. Seine Mutter hatte den Begriff einmal mit „Vollpfosten" übersetzt, aber er bezweifelte, dass das die richtige Definition war. Dass Titus' Mutter von der Entscheidung ihres Mannes, Geld nur durch Nebenjobs zu verdienen, nicht sonderlich begeistert war, hatte sie bereits mehr als einmal deutlich gemacht.

Ganz egal was ein *Freigeist* auch sein mochte, nach all dem Stress, den seine Eltern deswegen hatten, würde er lieber keiner werden. Titus wollte stattdessen richtig arbeiten gehen, so mit Büro und Kollegen oder vielleicht in einem Labor oder in einer eigenen Praxis oder so. Was genau, wusste er noch nicht, aber etwas total Cooles würde es sein, da war er sich sicher.

„Wenn du Hunger hast, das Essen steht im Kühlschrank."

„Was gibt's denn, Papa?"

„Spaghetti."

Eigentlich war die Frage überflüssig. Wenn Herr Henke kochte, gab es immer Spaghetti. Außer samstags, da gab es *Nudeln*.

„Oh Spaghetti. Das ist ja eine Überraschung."

Es folgte ein finsterer Blick des Vaters. „Wenn der feine Herr das Essen nicht mag, kann er gerne hungrig in sein Zimmer gehen. Ich habe hier alle Hände voll zu tun, da kann ich für Monsieur nicht auch noch ein Buffet aufbauen. Außerdem könnte deine Mutter auch mal...", der Rest des Satzes ging als unverständliches Gemurmel unter, da Herr Henke zwischenzeitlich die Küche verlassen hatte und mutigen Schrittes Richtung Toilette gestampft war, die am anderen Ende des Flures lag. Während er noch irgendetwas von Spaghetti und Undankbarkeit seiner Kinder erzählte, fing er an, sich an der seit zwei Tagen verstopften Toilette zu schaffen zu machen.

Titus hatte eh keinen großen Hunger und leistete seinem Vater Gesellschaft, der sich kritisch über das Klobecken beugte, um fachmännisch festzustellen, dass das nicht abfließende Wasser auf eine Verstopfung zurückzuführen sei.

„Kann ich helfen, Papa?"

„Nee, das krieg' ich schon hin. Aber danke."

„Ist Mama gar nicht da? Ich dachte, sie hat heute frei."

„Ja, das dachte sie auch. Aber dann hat noch ein neuer Kunde angerufen, der was Wichtiges klären wollte, und wie ein Wirbelwind ist sie abgebraust."

Einige Minuten schwiegen beide, während der Toilette mit allen erdenklichen Hilfsmitteln zu Leibe gerückt wurde.

„Wie war's denn in der Schule?"

„Na ja, das Übliche", nuschelte Titus.

Sein Vater legte die Stirn in Falten. „Ärger?"

„Nee, nur langweilig."

„Ach Junge, raff dich auf. Da musst du durch. So ist das Schulleben."

„Hm."

Herr Henke spürte, dass etwas mit seinem Sohn nicht stimmte. Er spürte schon eine ganze Weile, dass irgendwas in ihm vorging. Besorgt drehte er sich zu ihm um und musterte den Knaben.

„Unternimm doch mal was mit deinen Klassenkameraden. Dann ist es auch nicht mehr so öde in der Schule. Oder triff dich mal wieder mit Clara und Chris."

Clara ging auf die „Konkurrenzschule", war fünfzehn Jahre alt und hatte eine Klasse übersprungen. Titus hatte sie während eines schulübergreifenden politischen Planspiels kennengelernt. Chris ging in die Parallelklasse, die 8c, und teilte mit Titus das Hobby, keine Hobbys zu haben. Irgendwie hatten sich die beiden angefreundet, als sie in der sechsten Klasse schweigend und kauend nebeneinander auf der Fensterbank des Erdgeschossflurs gehockt hatten. Danach hatten sie sich ab und zu getroffen, um rumzuhängen oder zu lernen. Irgendwann hatte Titus Clara mit eingespannt und von da an hingen sie regelmäßig zu dritt rum.

Titus starrte verlegen auf die weißen Fliesen des Fußbodens vor der Toilette und zählte die Fugen.

„Na?"

„Was?", fragte Titus, doch er wusste genau, worauf sein Vater hinaus wollte.

„Lad die beiden doch mal wieder zu uns ein. Vielleicht am Wochenende."

„Ja, mal gucken!" Eigentlich hing Titus ständig mit ihnen rum. Und das war auch toll und sie waren nett – sie waren halt normal. Tatsächlich wollte er aber endlich mal mit den richtig angesagten Leuten chillen; mit denen, die immer vor dem Aldi rumlungerten, lässige Handschläge zur

Begrüßung durchturnten und heimlich mit den Autos ihrer großen Geschwister rumfuhren. Er wollte die Sorte Schüler sein, die sich nicht von Idioten wie Matthias und Kevin rumschubsen ließ - einer, der solchen Typen zeigte, wo es langging, und der von allen respektiert wurde.

„Mal gucken, mal gucken. Was ist denn in letzter Zeit los?"

Herr Henke entdeckte den Fleck auf dem Pullover seines Sohnes und zeigte mit dem Finger darauf. „Oder hast du Stress mit jemandem?"

Titus traute sich nicht, ihm ins Gesicht zu schauen. „Nein", log er und schämte sich, vor allem auch deswegen, weil er dieses Thema ausgerechnet mit seinem Vater besprechen sollte.

„Falls du Hilfe brauchst, sind wir für dich da." Herr Henke blickte Titus aufmunternd an. „Egal was dich bedrückt... Du bist ein fixer Junge. Du bist intelligent und hast was auf dem Kasten. Aus dir kann richtig was werden. Und wenn du nicht mit uns reden möchtest, ist das in Ordnung. Aber lass den Kopf nicht hängen." Er hielt kurz inne und fuhr mit ruhiger, eindringlicher Stimme fort: „Und weißt du was? Du wirst das schaffen, denn du bist ein toller Typ. Und deine Mutter und ich sind sehr stolz auf dich."

Titus spürte die liebevolle Sorge um ihn und auch, wie ihm die aufmunternden Worte wie ein wärmendes Kribbeln durch den ganzen Körper gingen. Wahrscheinlich hätten sie ihn sogar mit neuem Mut erfüllt, wenn sein Vater, während er sie sprach, nicht mit einem Klopümpel vor seiner Nase herumgewedelt hätte.

„Ich gebe mir Mühe, Papa", presste Titus hervor, um das Gespräch zu einem Ende zu führen.

„Ganz der Vater", erwiderte selbiger und verzog das Gesicht zu einem breiten Grinsen. „Mühe, Durchhaltevermögen und Fleiß führen zum Erfolg!" Wie zum Beweis und als müsste diesen Worten Nachdruck verliehen werden, verriet ein plötzliches Gluckern in der Toilette, dass er den Kampf gegen die Verstopfung in der Keramikschüssel gewonnen hatte. Und während er noch lautstark im Selbstgespräch darüber philosophierte, dass Toiletten zu seiner Zeit nicht nur billiger, sondern auch seltener verstopft gewesen waren, ging Titus die Treppe hinauf in den ersten Stock.

Auf dem Weg in sein Zimmer kam er an dem seiner Schwester vorbei. Die Tür stand heute ausnahmsweise offen. Der Fernseher lief ohne Ton. Melanie lag bäuchlings auf ihrem Bett und starrte gebannt auf ihr Smartphone, während sie in regelmäßigen Abständen auf dem Display herumdrückte, was wiederum mit piepsenden Geräuschen belohnt wurde. Herr Henke hatte sie einmal gefragt, ob sie den ganzen lieben langen Tag nichts Besseres zu tun hätte, als dämlich grinsend in ihr Handy zu sabbern. Daraufhin hatte Melanie zu ihren rhetorisch wertvollen Mitteln gegriffen und ihrem Vater lautstark versichert, dass es ihn einen Scheiß angehe, was sie den ganzen Tag treibe. Eine Gabel hatte sie dieses Mal nicht parat gehabt, was sie aber mit hysterischem Kreischen und Fluchen wieder wettgemacht hatte. Ganz fair war die Frage auch wirklich nicht gewesen. Schließlich hatte Melanie weit mehr zu tun, als den ganzen Tag mit ihrem Smartphone zu *posten* und *Apps* herunterzuladen. Denn da gab es ja auch noch das Fernsehprogramm, das Melanie jeden Nachmittag und jeden Abend sorgsam studierte. Dabei zappte sie sich von Geldeintreibern, die arbeitslose Schuldner durch deutsche Großstädte jagten, hin zu Müllspezialisten, die Messie-Wohnungen putzten. Danach folgten dann meist Wettbewerbe für wasserstoffblonde Topmodels und Videos von muskelbepackten Rappern, die mit bösen Blicken versicherten, dass sie bereits mit den Müttern aller Zuschauer Liebe gemacht hätten. Abgerundet wurde die Reise seiner Schwester durch die deutsche Privatsenderlandschaft durch *Reality*formate mit kettenrauchenden, dicken Menschen, die Streit mit allen anderen Leuten in ihrer Nachbarschaft hatten. Wenn Titus das Prinzip richtig verstanden hatte, schickte der Sender dann eine etwas weniger moppelige Moderatorin vorbei, die das ganze Elend dokumentierte und versuchte, zu vermitteln. Dabei hatten einige der Menschen, die die Fernsehfrau besuchte, Balken vor den Augen oder verzerrte Gesichter. Klar, die wollten anonym bleiben, weil die etwas weniger *assig* waren und nicht erkannt werden wollten, mutmaßte Titus. Aber wie schafften die Fernsehmacher es eigentlich immer, dass die Kameras schon in der Wohnung waren und von innen filmten, bevor die verzerrten Balkengesichter die Haustür öffneten, um die hilfsbereite Moderatorin hereinzulassen? Auf diese Frage fand Titus nie eine Antwort.

„Hi." Titus blieb in der Tür stehen.

„Was ist?" Melanie starrte finster von ihrem Bett herüber.

„Ich wollte nur *Hallo* sagen."

„Und?"

„Nichts. Bin schon weg!"

Er warf einen spöttischen Blick zum Fernseher, in welchem ein verdeckter Ermittler offenbar einen Verdächtigen observierte. „Hast du dich eigentlich mal gefragt, wie es sein kann, dass diese *Ermittler*", beim letzten Wort machte Titus Gänsefüßchen mit beiden Zeige- und Mittelfingern, „niemals entdeckt werden, obwohl die den *Verdächtigen*", erneute Gänsefüßchen, „mit einem Kameramann, einem riesigen Mikrofon, einem Mikrofonmann und der Moderatorin verfolgen? Ich meine, wie könnte man jemandem denn noch auffälliger hinterherlaufen?" Im Prinzip fehlten doch nur noch Blaulicht, ein Marktschreier, der das Ganze mit einem Megafon kommentierte, und ein Helikopter, der die Szene perfekt ausleuchtete, dachte sich Titus. Aber der Verfolgte im Fernsehen hatte keine Ahnung, dass man ihn beobachtete, und das, obwohl er bereits dreimal in die Kamera geguckt hatte.

Titus konnte jetzt nicht weiter darüber nachdenken, denn Melanie hatte sich aufrecht hingesetzt und war offensichtlich wild entschlossen, seine Behauptungen zu widerlegen. Blitzschnell zog Titus die Tür von außen zu. Irgendetwas Hartes donnerte mit einem dumpfen Knall gegen die Innenseite, zerbrach und verteilte sich geräuschvoll auf dem Fußboden.

„Oh, das wird doch nicht etwa das schöne Smartphone gewesen sein?", feixte Titus amüsiert, während durch die geschlossene Tür ein ins Kissen gebrüllter Kreischanfall zu hören war.

Er schüttelte den Kopf, während er in sein Zimmer ging. Puh, dieses Mädchen war echt verrückt. Das war jeden-

falls Titus' Diagnose. Seine Mutter sprach immer von pubertärer Phase und so, während sein Vater ständig behauptete, das Cholerische habe Melanie von ihrer Mutter. Was *cholerisch* bedeutete, wusste Titus nicht so recht. Vielleicht hatte es was mit Cholera zu tun. Was das war, wusste er zwar auch nicht, aber man benutzte das Wort häufig in Kombination mit Pest. „Wie Pest und Cholera…", sagte seine Oma Irmgard immer, wenn ihr etwas nicht gefiel. Wahrscheinlich passte das Wort cholerisch also ganz gut zu seiner Schwester. Der Hausarzt hatte mal irgendwas von Hyperaktivität und angestauten Aggressionen erzählt, oder so ähnlich. Melanie hatte dann Tabletten bekommen und für einige Wochen Oma Irmgard auf dem Land besucht. Sie sollte dort mal zur Ruhe kommen, hatte seine Mutter gemeint. Und tatsächlich war sie nach ihrer Rückkehr weniger aggressiv gewesen - zumindest die ersten Tage. Dann kam Oma zum Kaffee vorbei. „Seit Melanie wieder bei euch ist, fehlt mir etwas Wichtiges."
„Oh, das ist aber lieb", hatte Frau Henke gerührt geantwortet, während Oma Irmgard, schon etwas rot im Gesicht, eingeworfen hatte: „Ja, meine goldene Armbanduhr."
Die Uhr war dann sehr schnell in einem Schuhkarton unter Melanies Bett gefunden worden, in welchem sie ihre

Liebesbriefe aufbewahrte, welche sie an irgendwelche Rapper schrieb und die mit so komischen Glitzersteinchen verziert waren. Titus hatte nie verstanden, warum Mädchen immer alles mit Glitzer vollschütten mussten. Vielleicht fühlten sie sich dann wie Prinzessinnen, die auf ihren Prinzen warteten. Wobei Melanies Prinz wohl statt eines Kusses von ihr gehörig eins in die Fresse bekommen würde. Wahrscheinlich würde sie ihm sogar das Pferd stehlen.

Titus ging in sein Zimmer. Es war ein großer Raum mit Tapeten, auf denen die Sternbilder aufgedruckt waren. Er setzte sich an seinen großen Glasschreibtisch, holte sein Handy aus der Hosentasche und schaute auf sein leicht zerkratztes Display. *1 entgangener Anruf,* bemerkte er freudig. Doch zu seiner Enttäuschung stellte er fest, dass sein Vater sich wohl wieder beim Telefonieren vertippt hatte. Mehr als einmal schon hatte Herr Henke statt der Elektro-Bestellhotline aus Versehen seinen Sohn angerufen und ihn per Mailbox darum gebeten, ihm Kondensatoren, Kabel und Spulen zu schicken. Frustriert warf sich Titus aufs Bett und starrte an die Decke. Er war zu träge, um sich zu rühren. Nicht einmal den verrotzten Pullover zog er aus. Der Fleck war eh schon getrocknet. Und außerdem – wen interessierte das schon, ob er mit schmutzigem Pulli rumlief?

Ein ganz normaler Tag im Leben eines ganz normalen Freaks, dachte er. Manchmal wünschte er sich, eine dieser Frauen, die im Privatfernsehen gestörte Menschen besuchten und aufpäppelten, würde bei ihm zu Hause klingeln und ihm helfen, ein neues Leben anzufangen. Im Fernsehen sah das doch immer so leicht aus. Dicke, hässliche oder dumme Menschen, die in einer farblosen Welt mit dramatischer Hintergrundmusik lebten, bekamen Besuch von einer fröhlichen Moderatorin, die ihnen Fett absaugte, ihnen neue Zähne einsetzte, die Wohnung putzte und einen Haufen neuer Freunde schenkte. Danach war die Welt dann bunt. Auch die dramatische Hintergrundmusik war dann verschwunden und wurde durch herzzerreißende Balladen ersetzt.

Manchmal tauschten die im Fernsehen sogar ganze Mütter, die sich dann per Videobotschaft erzählten, warum die andere doof war und stank. Vielleicht machten die sowas ja auch mit Schwestern und Titus bekäme nicht nur eine Fettabsaugung, viele coole Freunde und eine eigene Ballade, sondern auch eine fröhlichere Schwester.

Während er über all diese Dinge und die Erlebnisse des Tages nachdachte, überfiel Titus eine bleierne Müdigkeit.

Seine Augen schlossen sich, ohne dass er es merkte, und er tauchte ab in einen Sumpf unruhiger Träume.

2

„W"ie sieht denn dein Pullover schon wieder aus? Bist du zu blöd, dir richtig die Nase zu putzen?" Der Blick der strengen Moderatorin ließ Titus das Blut in den Adern gefrieren. Er stand, umringt von vier Fernsehkameras, inmitten einer kleinen Wohnung, die vor Müll fast auseinanderzubrechen drohte. Hinter jeder Kamera stand ein mannsgroßer Klopümpel und filmte alle seine Bewegungen, während sich Titus Hilfe suchend umsah. Wo war er? Und wer war diese Frau mit den streng gebundenen, blonden Haaren?

„Kannst du mir nicht antworten?"

„Wo bin ich?"

Einer der großen Klopümpel gab der Moderatorin mit gestrecktem Daumen zu verstehen, dass die Technik bereit war und es weitergehen konnte.

„Bitte Ruhe im Publikum!" Publikum? Wo war hier denn Publikum? Erst jetzt erkannte Titus, dass die Wohnung nur eine Kulisse war und er auf einer riesigen Bühne stand. Um die Bühne herum saßen all die Jungs und Mädchen aus seiner Klasse, von denen einige ihn regelmäßig wegen seines Gewichts hänselten. In der ersten Reihe konnte er Matthias und Kevin ausmachen, die jeder eine Zigarette aus einer Schachtel zogen, die Verpackung zerknüllten und auf den passenden Moment warteten, sie Titus an den Kopf zu werfen.

Etwa in der Mitte des großen, dunklen Zuschauerraumes saßen weitere Schüler aus Parallelklassen. Sie verfolgten die Szenerie aufgebracht. Einige spielten nervös mit ihren Fingern, andere tauschten in regelmäßigen Abständen schadenfreudige Blicke aus.

Titus' Lehrerinnen und Lehrer waren auch anwesend und saßen in pädagogisch wertvoller U-Form ganz außen an weißen Tischen mit blitzenden Metallbeinen. In den Händen hielten sie Notizzettel und Stifte. In der hintersten Ecke des Raumes erspähte Titus seinen Vater, der mit einem Schraubenzieher bewaffnet war und eine Fernsehkamera zerlegte.

„Licht!" Mit einem lauten Krachen schalteten sich gleichzeitig Dutzende Scheinwerfer ein. Titus hielt sich schützend die Hände vor die Augen.

„Willkommen zurück bei *Dein neues Leben.*" Die Reporterin grinste in eine der Kameras. „Seien Sie live dabei, wenn unser Beautyteam dem traurigen Titus seinen lang gehegten Traum erfüllt und aus dem schaurigen Schwabbel einen triumphalen Traummann macht." Das Publikum jubelte und beklatschte diese überaus tiefsinnigen Alliterationen. „Begrüßen Sie dazu mit mir den pompösen Philip und sein Makeover-, Operations-, Shopping- und Reinigungsteam." Tosender Beifall entbrannte im Publikum, während eine Gruppe winkender Menschen auf die Bühne stolzierte und Titus umringte. Ein wenig erinnerte ihn die Szenerie an die Muppetshow oder an eine Karnevalsfeier. Da standen Chirurgen in türkisfarbenen Kitteln, Plastikhandschuhen und mit angelegtem Mundschutz. Neben ihnen wippten drei geschminkte Männer mit gezupften Augenbrauen und hochhackigen Schuhen nervös hin und her und betrachteten Titus entsetzt von oben bis unten. Zwei Frauen mit Lippen, die so groß waren, dass man die Bibel in allen Übersetzungen auf ihnen hätte drucken lassen können, bauten ein üppiges Sortiment an Cremes, Stiften und Farbtuben vor ihm auf. Ein glatzköpfiger Friseur tänzelte majestätisch um Titus' Kopf herum und beäugte kritisch dessen Haare. Im Hintergrund begann derweil eine ganze Armee von Putzleuten, den Müll aus der Wohnung zu tragen und die Räume neu zu dekorieren.

Nachdem der *pompöse* Philip, der in einem roten Overall neben der Moderatorin stand, dem Treiben etwa eine Viertelstunde lang zugesehen hatte, pfiff er seine Beautytruppe zurück und trat zu Titus. Die beiden schauten sich etwa zehn Sekunden tief in die Augen, bis der *pompöse* Philip sich urplötzlich umdrehte und „Das übliche Verfahren!" in eine der Kameras brüllte. Das Publikum war außer sich und brachte das Studio mit Beifall, Pfeifen und Rufen zum Kochen.

Während Titus noch überlegte, was *Das übliche Verfahren* zu bedeuten hatte, wurde er von zwei Männern gepackt und auf eine Trage gebunden. Panisch versuchte er sich loszureißen, doch die schweren Gurte, mit denen man ihm die Hände und Füße festband, gaben keinen Millimeter nach. Die Scheinwerfer blendeten ihn und der Angstschweiß rann über seine Stirn. Als er hektisch seinen Kopf wand und nach rechts blickte, konnte er schemenhaft seine Schwester erkennen, die ein kleines Beistelltischchen heranrollte. Auf diesem lagen ein strahlend weißes Gebiss und ein Set medizinischen Bestecks. Für einen Moment verschwand Melanie und Titus hörte, wie ein weiteres Tischchen herangerollt wurde. Auf diesem stand eine undefinierbare Apparatur mit einem dicken Schlauch. An dessen Ende thronte eine große Saugvorrichtung, die … *Oh mein Gott!*

„So Brüderchen, womit fangen wir an?" Melanie sah böse lächelnd auf ihren Bruder herab. „Neue Zähne oder Fettabsaugung?"

Titus öffnete den Mund und wollte schreien, doch kein Ton kam heraus. Er versuchte mit aller Gewalt, die Gurte zu lösen, doch nichts passierte. Und während er in Angst und Panik um seine Zähne und sein Fett kämpfte, hörte er seinen Vater aus der letzten Reihe brüllen: „Siehst du! Wenn du viele coole Freunde hättest, würde dir jetzt jemand helfen. Aber du bist wieder einmal ganz allein. Ich habe dich gewarnt. Hörst du? Ich habe dich gewarnt! Sowas passiert mit Außenseitern."

„Lasst ihn in Ruhe, ihr Schweine!" Titus hörte, wie sich Claras Stimme hektisch überschlug und Chris lautstark in den Protest einfiel. Er beobachtete zitternd, wie seine Schwester sich OP-Handschuhe überstreifte und eine große Spritze aufzog. Er atmete hektisch, verkrampfte alle Muskeln und …

…erwachte schließlich schweißgebadet in seinem Bett. Titus sah sich verunsichert im Zimmer um. Gott sei Dank, es war alles nur ein Traum gewesen. Er befühlte seine Zähne, so als könne er nicht glauben, alles nur geträumt zu haben. *Glück gehabt, alle noch drin.* Er stand auf und sah aus dem Fenster. Die Sonne ging allmählich unter und warf ihre letzten kräftigen Strahlen über die Häuser. Wie lange hatte er geschlafen? Laut Wecker waren es drei

Stunden; vorausgesetzt natürlich, sein Vater hatte nicht wieder daran herumgefummelt.

Traum hin oder her. So konnte es für ihn nicht weitergehen. Sein Vater hatte vollkommen recht. Es musste sich etwas ändern. Nein, es würde sich etwas ändern! Und zwar auf der Stelle. Titus würde sein Leben endlich in die Hand nehmen und der coole Typ mit coolen Kumpels werden, der er immer sein wollte. Er würde direkt damit anfangen. Er würde alles ändern – ein Makeover – ganz ohne Privatsenderhirnis und Alliterationsfetischisten aus der Glotze.

Titus schlüpfte aus den nassgeschwitzten Klamotten in einen frischen Jogginganzug, stampfte sicheren Schrittes in das Badezimmer, stellte sich vor den Spiegel, setzte seinen entschlossensten Blick auf und … ging dann erst einmal in die Küche, um etwas zu futtern. Eine Portion Spaghetti und einen halben Schokoriegel später, na gut … einen ganzen Schokoriegel später, stand er wieder vor dem Spiegel und schaute entschlossen hinein. Warum er dabei oben ohne war, wusste er selbst nicht so recht. Die harten Typen in den Videos taten das auch immer, allerdings hatten die auch Brustmuskeln. Na ja, egal… Fürs Erste mussten ihm seine Schokobrüste reichen, um ein harter Kerl zu werden. Er setzte eine entschlossene Miene auf, schaute in den Spiegel und fragte sich, was er da sah. Das kannte er von den Motivations-CDs seiner Mutter, die sie sich immer anhörte, wenn ein Immobiliengeschäft geplatzt war. Dann schaltete sie die Stereoanlage stets auf volle Lautstärke und hörte zu, wie ein Mann mit knarzender Stimme ihr erzählte, sie solle in den Spiegel blicken und sich selbst finden, oder so ähnlich. Warum sie das mit der Selbstfindung nicht schon längst geschafft hatte, wo sie doch jeden Morgen beim Schminken mindestens eine halbe Stunde in den Spiegel glotzte, war Titus schleierhaft.

Aber vielleicht hatte Titus ja mehr Glück und ihm würde im Badezimmer die Erleuchtung kommen. Also, was sah er? Er sah einen vierzehnjährigen, etwas blassen Jungen, der … noch etwas Gewürz zwischen den Zähnen kleben hatte. Igitt, so konnte er sich nicht konzentrieren. Zahnbürste raus, kleine Kreise, Zahnbürste weg. Neuer Versuch! Er sah einen vierzehnjährigen, mittelgroßen und etwas pummeligen Jungen mit fröhlichen grünen Augen, dunkelblonden Haaren und...

„Zupfst du dir die Augenbrauen?"

Titus fuhr erschrocken herum und blickte in das Gesicht seiner Schwester.

„Äh, ich hab nur was geguckt."

„Raus hier. Ich muss pinkeln. Und wieso stehst du hier mit nacktem Oberkörper? Braucht deine Wampe mal Luft?"

„Witzig!", konterte Titus. „Fall nicht ins Klo." Den Mittelfinger seiner Schwester ignorierte er, verließ das Bad und trottete langsam in sein Zimmer. Dort gab es zwar keinen Spiegel, aber er konnte auch ohne das Ding ein neues Leben beginnen. Und zwar sofort. Titus warf sich in Liegestützposition auf den Boden. Ja, das war das Richtige für ihn. Er würde seinen Körper stählen, bis dieser ein harter, undurchdringlicher Panzer war. Seine Mitschüler würden ihn beneiden und anflehen, mit ihm befreundet sein zu dürfen. Er würde Liegestütze machen… Hunderte … Tausende … bis seine Brustmuskeln und sein Trizeps sich in dicke, männliche Kraftberge verwandelt hatten, die über einem perfekt definierten Sixpack ruhten. Und los ging es. *Eins! Zwei! Drrrr… Puh!* Erschöpft und atemlos ließ er sich auf den Boden plumpsen. *Genug für heute. Nur nicht übertreiben.* Morgen war auch noch ein Tag.

Titus stand auf, warf sich aufs Bett und dachte nach. Was konnte er ändern, um nicht mehr von Leuten wie Kevin und Matthias verarscht zu werden? Wie konnte er Horden cooler Leute um sich versammeln? Und nicht zuletzt – wie kam man bei den Mädels gut an? Wer konnte ihm dabei helfen? Wem konnte er sich anvertrauen? Seine Mutter wäre ihm keine große Hilfe, das wusste er. Sie würde ihn nur mitleidig ansehen, ihn in den Arm nehmen und weinend behaupten, dass das alles ihre Schuld sei, weil sie nie Zeit für ihn gehabt habe. Danach würde sich Titus noch schlechter fühlen. Sein Vater konnte auch nicht weiterhelfen. Er würde wahrscheinlich mit einer Rohrzange herumwedeln und einen Vortrag darüber halten, dass das alles an der heutigen Gesellschaft liege und die Gesellschaft zu seiner Zeit sowieso vernünftiger gewesen sei.

Ratlosigkeit, Unsicherheit und Wut auf Idioten wie Matthias und Kevin quälten ihn schon lange. Aber was sollte ein Teenager wie er unternehmen?

Vor einigen Wochen hatte sich Titus dazu durchgerungen, Rat bei der Vertrauenslehrerin seiner Schule zu suchen. Frau Schenker hatte in der Bibliothek ein Gespräch mit ihm geführt, in welchem Titus ihr von seinen Sorgen und Problemen erzählt hatte. Die Namen von Matthias und Kevin hatte er dabei aber nicht verraten. Er hatte bereits Dutzende, wenn nicht Hunderte Male unschöne Bekanntschaft mit den beiden gemacht und zog es daher vor, die Klappe zu halten. Für ihn war es dennoch eine Erleichterung gewesen, sich seinen angestauten Kummer zumindest teilweise von der Seele zu reden, auch wenn es ihn ein wenig genervt hatte, dass Frau Schenker sich während des Gesprächs schmatzend zwei Stücke Schwarzwälder Kirschtorte reingeschaufelt hatte. Andererseits war es aber auch faszinierend gewesen, einer pummeligen Frau dabei zuzusehen, wie sie Kuchen mit einer Gabel aß, die so groß war, dass man damit locker einen Stall hätte ausmisten können. Für einen Moment hatte Titus überlegt, Frau Schenker um ein Stückchen zu bitten, während diese sich wie ein Bagger durch die Sahne grub und ihm durch gelegentliches Kopfnicken zu verstehen gab, dass sie noch zuhörte. Am Ende des Gesprächs war Frau Schenker nicht nur satt gewesen, sondern auch zu dem Ergebnis gekommen, dass das Problem der Freundefindung in pubertärer Orientierungslosigkeit begründet liege und nur vorübergehend sei und Titus die Situation als Chance begreifen solle. Er sei ein netter Junge, *bla bla* und müsse durchhalten *bla*. Und wenn sich in den nächsten Monaten bezüglich der Burschen, die ihn ärgerten, nichts ändern würde, müsse man *bla* und überlegen, ob *bla*. Aber sie sei sehr zuversichtlich, dass *bla*…

Lehrer waren schon komische Menschen, dachte Titus, als er an das Gespräch zurückdachte. Die Situation als Chance begreifen? Warum hatte sie das gesagt? Typisch Lehrer! In allem sahen die Pädagogen noch etwas Positives, überall suchten sie noch einen Funken Hoffnung in den Menschen. Das taten sie selbst bei seiner Schwester. Einmal, als Melanie im Deutschunterricht ein eigenes Kurzgedicht hatte schreiben sollen, war ihr nichts Kreativeres eingefallen als: *Punkt, Punkt, Komma, Strich – fertig ist das Arschgesicht!* Und um das Bild abzurunden, hatte sie daneben ein Mondgesicht mit Nasenpiercing und Pickeln gemalt. Zwar hatte sie sich danach eine saftige Standpauke von ihrem Deutschlehrer anhören dürfen, doch hatte er es sich nicht nehmen lassen, Melanie zumindest für ihre schöne Handschrift zu loben. Immer auch das Positive sehen!

Titus überlegte, welcher Funke Hoffnung in seiner Situation versteckt sein könnte. Wo steckte das Positive? Als ihm nach zwanzig Minuten immer noch nichts eingefallen war, schaltete er den Fernseher ein und zappte sich erschöpft durch die Kanäle. *Punkt, Punkt, Komma, Strich*, dachte er und musste plötzlich grinsen. Sein Daumen drückte im Sekundentakt auf den Tasten der Fernbedienung herum. *Klick!* Antischuppenshampoo-Werbung. *Klick!* Fußball. *Klick!* Eine Frau, die dank ihres WC-Reinigers wieder genüsslich an ihrer Toilette schnüffeln konnte. *Klick!* Musik. *Klick!* Nachrichten. *Klick!* Schokoriegel-Werbung. *Klick!* Kochsendung. *Klick!* Kreischen einer Frau, die

Schuhkartons von einem Lieferanten erhielt. *Klick!* Polizisten rannten einem Mann hinterher. *Klick!* Joghurt für die Darmflora. *Klick!* Besoffener grölte vor einer Disco in die Kamera. *Klick!* Shoppingkanal. *Klick!* Wieder Schokoriegel-Werbung, aber dieses Mal mit wesentlich mehr Milch im Riegel. *Klick!* Süße Schweine im Hamburger Zoo. *Klick!* Singlebörsen-Werbung für Menschen, die sich zur Elite zählten. *Klick!* Talkshowmoderator mit Schwiegersohngrinsen machte Werbung für Frikadellen von süßen Schweinen. *Klick!* Kein Signal. *Klick!* Wetter. *Klick!* „…über zweitausend Likes an einem Tag." Oh, eine dieser Lifestyle-Sendungen. „Das Spacebookprofil der Chihuahua-Dame Lucy knackte in den letzten Wochen alle Rekorde", verkündete eine quirlige Moderatorin. „Mehr als zehntausend Spacebookfreunde konnte das süße Wollknäuel bisher verbuchen und soll bald mit einem eigenen Modelabel…"

Titus legte die Fernbedienung zur Seite und schüttelte verwirrt den Kopf. Was? Dieser Köter hatte neuntausendneunhundertsiebenundneunzig Freunde mehr als er? Wie konnte ein Hund eigentlich eine eigene Seite bei Spacebook anlegen?

Die Antwort ließ nicht lange auf sich warten. Eine Frau mit pinkem Glitzeroberteil und ledriger Solariumhaut schielte mit Fake-Wimpern zugeklebten Kulleraugen in die Kamera und erzählte, wie sie auf die Idee gekommen war, ein Spacebookprofil für ihren Fiffi anzulegen, und wie viele Freunde das ihrem Schnuckel und ihr selbst gebracht hatte. Sie erklärte, wie begeistert die Fans von den Bildern des kleinen Rackers seien und gab allen Freunden ihres Lieblings einen Luftkuss in die Kamera.

„Egal ob beim Fresschen, Herumtollen, Schmusen oder Häufchenmachen", davon war die Moderatorin dieses weltbewegenden Beitrags überzeugt, „die kleine Lucy ist immer ein echter Hingucker. So schnell können Vierbeiner ihre Besitzer durch Internetprofile berühmt machen. Deswegen gibt es von uns hierfür", ein riesiges blaues Daumenhoch-Symbol klatschte mit einem Tusch ins Fernsehbild und verdeckte das Gesicht der Moderatorin, „...das Like des Tages." Und während die junge Frau mit den viel zu engen Jeans und dem quietschigen Oberteil der Chihuahua-Dame Lucy fröhlich quakend gratulierte, kam Titus ins Grübeln. Profile für Hunde? Er verdrehte die Augen. *Vielleicht ist das die Lösung meiner Probleme*, dachte er im Spaß und grinste. Er würde sich einfach ein Meerschweinchen kaufen, es grün anmalen, Fotos schießen und ein Spacebookprofil für den Nager erstellen. Blödsinn, das Vieh musste er noch nicht einmal kaufen. Die Menschen, die solche Profile anklickten, waren wahrscheinlich so dämlich, dass sie nicht einmal merkten, wenn er einfach ein Tier erfand. Er würde Bilder von Kuscheltieren schießen oder noch besser ... die Profilbilder von seiner Schwester malen lassen. Die hatte ja Erfahrung im kreativen Zeichnen, dachte Titus und fing laut an zu lachen. *Punkt, Punkt, Komma, Strich...*

Titus' Augen tränten vor Lachen, während er sich vorstellte, wie er sich vor laufenden Kameras mit Luftkuss bei allen Fans seines erfundenen Meerschweinchens bedankte. Die Leute würden nicht einmal merken, wie er sie veräppelte, während die Zahl seiner Freunde in die Höhe schoss und...

Titus erstarrte. Das Lachen verschwand schlagartig aus seinem Gesicht. Er setzte sich aufrecht hin, während eine letzte Lachträne sein rundliches Gesicht hinunterkullerte.

...fertig ist das Gesicht. Titus trommelte rhythmisch mit dem Zeigefinger auf seiner Unterlippe herum. *Erfinden. Spacebookprofil. Freunde. Punkt, Punkt, Komma, Strich... Likes. Aber natürlich!* Titus klatschte sich mit der flachen Hand an die Stirn. Das war die Idee! Warum denn nicht?

Er sprang aus dem Bett und hetzte zu seinem Schreibtisch. Dort stand sein Laptop, den er mit ungeduldigen Mausbewegungen aus dem Tiefschlaf holte. Er war so nervös, dass er sein Passwort dreimal falsch eintippte, bevor ihm endlich die richtige Kombination einfiel. Der Desktop erschien, begleitet von einem lauten Posaunentröten. Titus öffnete den Internetbrowser, navigierte auf die Spacebookseite und loggte sich ein. Wenige Sekunden später erschien sein Profil und verkündete ihm, dass er keine neuen Nachrichten habe. Titus hatte das Profil vor einem halben Jahr angelegt, um über das Internet viele Freunde finden und mit ihnen schreiben zu können. Damals hatte er vorsorglich sogar verschiedene Ordner für *Schulfreunde, Besonders coole Freunde, Bekannte, Kumpels und Familie* angelegt, um später den Überblick nicht zu verlieren. Den Überblick hatte er glücklicherweise nicht verloren, denn die einzigen Freunde, die er bei Spacebook hatte, waren sein Cousin Björn, Onkel Karl und sein Vater. Ein bisschen peinlich war Titus die Freundschaftsanfrage seines Vaters schon gewesen, denn wer war in seinem Alter schon gerne bei Spacebook mit seinen Eltern befreundet? Vor allem, wenn der eigene Vater ein Profilbild ausgesucht hatte, auf dem er mit Grillzange und ausgestrecktem Daumen vor einem glühenden Kohlehaufen stand und grinsend eine Kochschürze trug, auf der der Körper eines Bodybuilders abgedruckt war. Komplettiert wurde das auf

Mallorca geschossene Foto durch weiße Socken, die in grauen Sandalen steckten und das Klischee des typisch deutschen Urlaubers perfekt abrundeten. Wahrscheinlich wäre das Bild sogar etwas weniger peinlich gewesen, wenn Wuschel im Moment der Aufnahme nicht im Hintergrund auf den Rasen gekackt hätte.

Herr Henke nutzte sein Profil hauptsächlich, um der ganzen Welt per Fotoalben mitzuteilen, welche Geräte er gebastelt, repariert oder kaputtgemacht hatte. Meistens verliefen seine Basteleien dann auch in der Reihenfolge; zumindest war am Ende immer mindestens ein Gerät im Eimer. Letzte Woche war es eine Waage gewesen, die er heimlich falsch geeicht hatte, um seine Frau davon zu überzeugen, dass sie nicht zugenommen hatte. Ein lautes Knacken hatte seine Gattin jedoch vom Gegenteil überzeugt und sie war weinend im Badezimmer auf und ab geschlichen, während Herr Henke versucht hatte, die beiden Hälften wieder zu einem Ganzen zusammenzufügen. Dass die Glasplatte der Waage nicht wegen ihres Gewichtes in zwei Teile zerbrochen war, sondern weil Herr Henke vergessen hatte, den stützenden Metallrahmen wieder einzusetzen, hatte er seiner Frau verschwiegen.

Für das Bild von der zerbrochenen Waage war er zwar mit *Likes* überschüttet worden, doch die Reaktion seiner Frau hatte ihn dann sehr schnell davon überzeugt, es umgehend wieder aus dem Netz zu nehmen.

Für Titus war der Versuch, Freunde über Spacebook zu finden, damals trotz seines brillanten Freunde-Sortiersystems kläglich gescheitert. Dass seine Klassenkameraden sein Profil dennoch regelmäßig *stalkten*, wusste er mit Sicherheit. Einmal hatte sogar jemand einen Kommentar unter sein Profilbild gepostet: einen kotzenden Smiley, gefolgt von den Buchstaben *omg*. Nachdem Titus aber herausgefunden hatte, dass *omg* nicht die Abkürzung für *obermegageil* war, hatte er den Beitrag gelöscht.

Schon oft war Titus auf den Profilen seiner Schulkameraden herumgesurft, um zu sehen, wer nun mit wem befreundet war, wer welche Neuigkeit gepostet hatte und wer welche hippen Leute kannte. Neidisch hatte er immer wieder auf die hohen Freundeszahlen seiner Klassenkameraden geschaut und sich vorgestellt, wie es war, selbst mit Postings, Kommentaren und Likes überschüttet zu werden.

Doch jetzt hatte Titus einen Plan und dieses Mal würde er bestimmt aufgehen, denn mit einer Sache konnte man seine Mitmenschen auf jeden Fall beeindrucken: wenn man coole Leute kannte! Und wenn man doch keine coolen Leute kannte, dann musste man sie eben *erfinden* und -

Punkt, Punkt, Komma, Strich - ein neues Gesicht erschaffen. Ein Gesicht, das noch nie jemand gesehen hatte, das niemand kannte. Und wie erweckte man ein Gesicht zum Leben, das gar nicht existierte? Genau, mit einem gefälschten Spacebookprofil!

Einen Fake-Account zu erstellen, war ein Kinderspiel. Ein paar Mausklicks und schon war Titus unter einem Pseudonym registriert. Er benutzte dafür eine alte Emailadresse, die er vor einigen Monaten mit falschem Namen und Alter sowie erfundener Adresse angelegt hatte, um sich wie ein taffer Agent vorzukommen, der die Welt mit einem gefälschten Account aufs Kreuz legte. Na ja, und natürlich, um sich anonym auf Internetseiten von Frauen anmelden zu können, die eine Abneigung gegen Kleidung hatten und sich nicht nur von gefälschten Mailadressen aufs Kreuz legen ließen.

„Wann kommt denn endlich diese dämliche Bestätigungsmail?" Titus rutschte nervös auf dem Computerstuhl herum. „Und wie kommen diese Spam-Idioten eigentlich immer an meine Mailadresse?", schimpfte er, während er sich im Posteingang durch Kreditangebote, Abnehmtipps, Reklame für Krankenversicherungen, Potenzmittelwerbung und Datinganfragen klickte. Was sollte er denn bitte mit solchen Angeboten anfangen? Titus kannte jedenfalls nicht viele Vierzehnjährige, die so verarmt, fett, krank und impotent waren, dass sie sich ihre Freundinnen im Internet bestellen mussten.

„Da ist sie ja!" Titus öffnete hektisch die eingegangene Mail mit dem Betreff *Ihr Spacebookaccount*. Ein Klick auf den Bestätigungslink und er war stolzer Besitzer des Spacebookprofils von Alexander Stahl. Den Namen Alexander hatte Titus in Anlehnung an den berühmten Feldherren gewählt. Und so, wie *Alexander der Große* über das Perserreich und Ägypten hergefallen war, würde auch Alexander Stahl einen Siegeszug durch Titus' Schule antreten und seine Klassenkameraden in Staunen und Ehrfurcht versetzen.

Doch zunächst galt es, Alexanders Profil auszufüllen, denn allein mit einem Namen konnte man noch niemanden beeindrucken; es sei denn, man war der Papst. Aber der brauchte eigentlich gar kein Spacebookprofil, weil ihn sowieso jeder mögen musste, um nicht in die Hölle zu kommen.

Titus loggte sich ein und begann, die Profilmaske auszufüllen. *Wohnort?* Er überlegte fieberhaft - *Berlin!* Ja, das klang cool. *Geburtsdatum?* Puh, wie alt war so ein cooler Typ? Achtzehn war zu jung. Da durfte er ja gerade einmal Auto fahren. Vierzig war zu alt. Sein Onkel Friedrich war vierzig und der sah aus, als hätte er die Erfindung des Autos miterlebt. Außerdem ging er immer leicht humpelnd, so als müsste er ständig pinkeln. Vielleicht passierte sowas im Alter einfach. Am besten, er entschied sich für den Mittelwert. Damit war Alexander nun neunundzwanzig Jahre alt. *Beruf?*

Nach und nach füllte sich ein Eingabefeld nach dem anderen, sodass das Profil allmählich Formen annahm. Doch das Wichtigste fehlte noch: das Foto. Titus wusste, dass ihn das die halbe Nacht beschäftigen würde. Er entschied sich für eine Pause, ging hinunter in die Küche, wobei er fast über Wuschel gestolpert wäre, der sich breit vor die Küchentür gelegt hatte, und begrüßte seine Mutter, die gerade von der Arbeit nach Hause gekommen war.

Frau Henke hatte ihre dunklen, langen Haare zu einem Dutt zusammengebunden und trug einen schwarzen Hosenanzug und eine Kunstperlenkette. Sie war eine schlanke, kleine Frau und hatte feine Gesichtszüge.

„Na, Schatz!" Sie drückte ihm einen feuchten Kuss auf die Stirn und setzte sich an den Küchentisch. Vor ihr stand eine Tasse mit dampfendem Kaffee.

„Hi, Mama. Und, wie lief es bei der Arbeit?"

Frau Henke verdrehte die Augen. „Du weißt doch: je reicher die Leute, desto bekloppter die Ideen." Beide lachten.

„Sollen wir zwei zu Abend essen?", fragte sie.

„Wir zwei?"

„Ja, Melanie ist unterwegs und bringt ihr Smartphone zur Reparatur. Ist ihr runtergefallen, sagt sie."

Titus musste innerlich lachen.

„Und dein Vater ist beschäftigt."

„Nein danke, ich habe keinen Hunger."

Frau Henke sah ihn verwundert an. „Keinen Hunger? Bist du krank?"

„Äh… nee. Bin noch voll vom Mittagessen." Titus wechselte rasch das Thema. „Hast du vielleicht noch ein paar Fotos von mir?"

„Na klar. Ich habe doch von jedem von euch eine Fotosammlung. Sogar von deinem Vater, obwohl es schwierig ist, ihn ohne Rohrzange oder Klopümpel zu erwischen. Was willst du denn damit?"

„Ach, das ist für…", Titus dachte angestrengt nach „eine Fotocollage in der Schule. Dafür brauche ich das. Kann ruhig ein älteres Bild sein."

„Warte mal!" Frau Henke ging aus der Küche und kam nach wenigen Sekunden mit einem kleinen blauen Karton wieder.

„Super. Danke!" Ohne abzuwarten schnappte sich Titus die Schachtel, raste die Treppe hinauf und ließ seine verwunderte Mutter in der Küche stehen.

Sofort machte er sich wieder an die Arbeit. Er durchwühlte den Karton und suchte nach einem geeigneten Foto.

„Da!" Titus griff nach einer relativ jungen Aufnahme, auf welcher er in einem schwarzen Unterhemd in die Kamera lachte. Er legte sie in den Scanner und wenige Minuten später grinste ihm sein Gesicht aus einem Bildbearbeitungsprogramm entgegen. Jetzt begann die eigentliche Arbeit. Er faltete die Hände, knackte laut mit den Fingern und legte los.

Bildbearbeitung war eine Kunst für sich und Titus hatte in den letzten Jahren reichlich Erfahrung gesammelt. Wochenenden und sogar ganze Ferien hatte er seit seinem zehnten Lebensjahr damit verbracht, Bilder zu überarbeiten oder täuschend echte Fotomontagen zu erstellen. Einmal hatte er sich beinahe ein blaues Auge eingefangen, nachdem er ein Foto seiner schlanken Schwester ausgeschnitten und ihren Kopf digital auf den Körper eines Sumoringers kopiert hatte.

Die Stunden verrannen wie im Flug. Zwischenzeitlich liefen drei Bearbeitungsprogramme gleichzeitig auf Hochtouren. *Schneiden, Kopieren, Einfügen.* Maus und Tastatur waren seine Waffen. *Farbe, Kontrast, Schattierungen.* Titus' Blick richtete sich gebannt auf den Bildschirm. *Überarbeiten, Zwischenspeichern,* erneut *Einfügen, Schneiden.* Farbtöne wurden gemischt, Bildelemente markiert, Teile retuschiert, Fotoausschnitte verzerrt, Größenverhältnisse überarbeitet, Farbtiefen manipuliert, Hintergrundelemente entfernt und ausgeschnittene Bildteile in andere Dateien eingefügt. Die blasse Haut erhielt einen dunkleren Teint, die Zähne wurden dafür heller. Kräftige, gepflegte Augenbrauen ersetzten nun die vormals wilden Haarbüschel. Die grünen Augen wurden durch stahlblaue ersetzt und trafen den Betrachter mit einem stechenden Blick. Die Pausbäckchen verloren an Volumen und bekamen einen kantigen Schnitt. Nase und Lippen kopierte Titus aus Fotos zweier Actionfilmstars. Auch die Stirn verzerrte er so, dass diese männlich und dominant aussah. Sein Doppelkinn musste einer Einzelversion weichen – wozu brauchte ein Mensch auch mehr als *ein* Kinn? – und wurde breit und mächtig. Auch neue Ohren waren dank modernster Software schnell gemacht. Dunkle Bartstoppeln verliehen dem Gesicht die nötige Markanz und das wuschelige, dunkelblonde Kopfhaar wurde schwarz gefärbt und mit einer militärischen Kurzhaarfrisur aufgepeppt.

Danach rückte Titus dem rundlichen Oberkörper mit Hilfe genauer Maßstabsberechnungen sowie Bildvorlagen aus dem Internet zu Leibe. Schultern, Bizeps, Trizeps und Brustmuskulatur - nichts war vor Titus sicher. Alles wurde in stundenlanger Arbeit zerschnippelt, verzerrt und verschoben, während draußen schon lange die Sonne untergegangen war.

Zum Schluss speicherte er das Bild mit Absicht ein wenig überbelichtet ab und legte einen Filter darüber, um minimale Unsauberkeiten, die bei der Montage entstanden waren, zu überdecken.

Es war lange nach Mitternacht, als er die Maus erschöpft zur Seite legte und sein schmerzendes, rechtes Handgelenk massierte. Seine Eltern waren schon seit Stunden im Bett und auch Melanies Fernseher dröhnte nicht mehr aus ihrem Zimmer.

„Geschafft!" Fasziniert und mit bleischweren Augen starrte er auf das fertige Profil. Was er sah, machte ihn stolz. „Willkommen in unserer Welt, Alex."

Titus blickte auf das Profilbild eines neunundzwanzigjährigen, durchtrainierten, harten Bodyguards, der nicht die entfernteste Ähnlichkeit mit Titus hatte und dessen stechender Blick den Betrachter sofort in seinen Bann zog. Alexander stammte ursprünglich aus Berlin und war vor fünf Jahren in die Nähe von Stettenau gezogen. Vor seiner Tätigkeit als Personenschützer hatte er als Oberfeldwebel in einer Fallschirmjägerkompanie gedient und insgesamt zwei Auslandseinsätze hinter sich gebracht. Zu seinen Hobbys zählten Kraftsport, Bungeejumping und Vollkontaktkarate. Alex war nicht vergeben oder verheiratet, aber „immer auf der Suche nach netten Kontakten." Er interessierte sich für schnelle Autos, afrikanisches Essen, Hip-Hop und Fußball. Aufgrund seiner vielen beruflichen Reisen war Alex selten längere Zeit an seinem Wohnort und kannte deswegen nicht viele Leute in der Gegend. Er hoffte aber, über Spacebook zahlreiche Freunde zu finden. Einen hatte er bereits, denn ein gewisser Titus Henke hatte ihm eine Einladung geschickt und seine beiden Albumfotos *geliked*. Auf dem einen war ein Fußball mit dem Emblem seiner Lieblingsmannschaft zu sehen, das andere Foto zeigte Titus, wie er vor dem Haus seiner Eltern stand und war mit *Mein Bro* betitelt.

Titus wechselte zurück in sein eigenes Spacebookprofil und starrte aufgeregt auf den Hinweis *Titus Henke ist jetzt mit Alexander Stahl befreundet.* Auf seiner Pinnwand hatte Alex eine öffentliche Nachricht hinterlassen. *Hey, Champion! War spitze, mal wieder etwas mit dir zu unternehmen. Schön, dass ich dir helfen konnte. Wenn es wie-*

der mal Ärger gibt, ruf mich an. Kannst auf mich zählen.
Sehen uns die Tage.

Zufrieden, aber mit blutunterlaufenen Augen klappte Titus seinen Laptop zu und schaute auf den Wecker. 02:34 Uhr. Ein Glück, dass morgen Feiertag war und er ausschlafen konnte. Damit hatte die Neuigkeit einen Tag Zeit, sich zu verbreiten, bis er dann übermorgen erfahren würde, wer sein Profil durchstöbert und seinen neuen Freund entdeckt hatte. Obwohl Titus hundemüde war, konnte er nicht einschlafen. Lange grübelte er darüber nach, ob die ganze Aktion ihm helfen würde, Anschluss in der Schule und coole Freunde zu finden. Außerdem knurrte sein Magen. Anstatt jedoch in die Küche zu gehen und etwas zu essen, trank er einen großen Schluck Wasser, rülpste wie ein ausgewachsener Büffel und schlummerte schließlich ein.

3

F„„rüüühstüüüüück!", schallte es durch das gesamte Haus. Titus stand vor Schreck fast senkrecht im Bett. Frau Henkes fröhlich gebrüllte Einladung hatte ihn um ein Haar seitlich aus dem Bett fallen lassen. „Steht auf, ihr Schlafmützen."

Ein Blick auf den Wecker. *Och nee!* Acht Uhr morgens. Wie konnte man am 1. Mai freiwillig um diese Uhrzeit aufstehen? Nur weil heute *Tag der Arbeit* war, bedeutete das noch lange nicht, dass man auch arbeiten, geschweige denn so früh aufstehen musste.

„Ich hole jetzt frische Bröööötchen! Zieht euch an." Frau Henke knallte die Haustür zu und stieg ins Auto.

„Verdammte Kacke! Schmeiß doch gleich 'ne leere Mülltonne durch den Flur. Wie in so einer scheiß Kaserne fühlt man sich hier." Anscheinend war Melanie auch schon wach. Und ganz offensichtlich war auch sie keine Freundin geräuschvoller Weckaktionen.

Herr Henke nahm Melanies Wutausbruch zum Anlass, um in der Küche lautstark mit einem Suppenlöffel auf einen leeren Topf einzudreschen und dabei in kurzen Abständen das Wort „Frühstück!" durch das Haus zu skandieren. Wuschel begleitete die Trommelorgie durch hysterisches Bellen und Hin- und Hergehüpfe.

Titus stand auf, trat ans Fenster und streckte sich gähnend. Dann schaute er zu, wie seine Mutter bei dem Versuch, rückwärts aus der Garage zu fahren, die Biotonne wegrammte, danach ausstieg, den Wagen nach Kratzern absuchte, sich wieder ins Auto setzte und beim zweiten Versuch auch die Restmülltonne erwischte. Nachdem sie die Papiertonne verfehlt hatte, düste sie geräuschvoll in Richtung Bäckerei ab.

Titus stand noch etwa fünf Minuten am Fenster und dachte stolz an seine gestrige Aktion. Sollte er sich schnell einloggen und gucken, ob sich etwas getan hatte? Nein! Er entschied sich, erst nach dem Frühstück nachzuschauen, denn Vorfreude war ja bekanntlich die schönste Freude. Er ging ins Badezimmer und wusch sein Gesicht. Während er sich minutenlang im Spiegel anstarrte, fragte er sich fortwährend, wie es ihm gelungen war, aus einem Foto seines Oberkörpers einen gestählten Adonis zu kreieren. Unwillkürlich spannte Titus seinen Oberkörper an, wobei ihm ein kleiner Stich durch die rechte Schulter schoss, den er auf sein gestriges Liegestütztraining zurückführte. Vielleicht lag es aber auch daran, dass er in der Nacht zweimal aus dem Bett gefallen war. Aber diesen

Gedanken verwarf er schnell wieder und zog sich mit stolzgeschwellter Brust an. Auf seinem Weg nach unten trottete ihm Melanie entgegen, die mit aufgequollenen Augen und zerzaustem Haar in Richtung Bad stampfte.

„Guten Morgen."

„Schnauze!" Rumms! Die Badezimmertür knallte ins Schloss, das morgendliche Startsignal für Melanies „Beautyprogramm", in dessen Verlauf Unmengen an Wasser, Cremes, Festigern und Malstiften - oder wie auch immer diese ganzen Lackierutensilien hießen - den Weg in das Gesicht seiner Schwester fanden. Auch wenn Melanie danach stets aussah wie ein nasser Malteserhund nach einer Farbbombenparty, besserte sich ihre Laune in der Regel rapide. Und auch wenn diese morgendliche Zeremonie nach Titus' Ansicht teurer und aufwendiger sein musste als die Restauration eines Gemäldes, beteuerte Frau Henke immer wieder, dass dies eine „normale und notwendige Phase der Pubertät" sei. Während Titus die Treppe hinunterging, dachte er darüber nach, dass seine nächtliche Fakeprofilaktion für seine Mutter vielleicht auch nur eine „normale und notwendige Phase" wäre. Doch für ihn war es der Beginn eines neuen Lebensabschnitts voller Selbstbewusstsein Anerkennung, Respekt und...

„Hör auf, dich am Hintern zu kratzen, und setz dich hin, du Ferkel." Frau Henke war gerade mit einer großen Tüte voll duftender Brötchen zurückgekommen und hatte die Sache mit dem Respekt wohl noch nicht ganz verstanden. Titus setzte sich an den Frühstückstisch.

„Morgen!"

„Oh, ich hoffe wir haben dich nicht geweckt", scherzte Titus' Vater und grinste.

„Haha!" Titus stützte den Kopf müde auf seiner Hand ab.

„Was hast du denn gestern noch so lange getrieben?", wollte sein Vater wissen.

„Rumgesurft!"

„Bis zwei Uhr? Du bist ja schlimmer als deine Schwester."

Als sei dies ihr Stichwort gewesen, schlurfte Melanie mit finsterer Miene in die Küche.

„Ah! Madame haben wohl geruht? Belieben Madame jetzt zu speisen?" Herr Henke liebte es, seine Kinder aufzuziehen, wenn diese sich verschlafen an den Küchentisch quälten.

„Boah, witzig!", zickte Melanie.

„Ich hoffe, das gilt nicht auch für die Feiertage", sagte Herr Henke und zeigte auf Melanies T-Shirt, auf welchem die Aufschrift *Montags bis freitags könnte ich kotzen!* prangte.

„Nun lass sie doch", rügte Frau Henke ihren Mann, während sie Kaffee und Kakao einschenkte und sich zu den anderen an den Tisch setzte.

„Haut rein. Eigentlich wollte ich noch frischen Multivitaminsaft machen, aber leider ist die elektrische Saftpresse kaputt." Dabei funkelte sie ihren Gatten verärgert an, der entschuldigend die Arme hob.

„Ich wusste doch nicht, dass es normal ist, dass das Gerät so laut brummt, wenn es arbeitet. Ich dachte, das Ding hätte eine Fehlfunktion. Außerdem presst man frischen Saft sowieso mit der Hand. So hat meine Mutter das früher immer gemacht und so hat es jahrzehntelang gut funktioniert. Da brauchte man den ganzen Hightech-Blödsinn noch nicht."

„Damals war die Welt auch noch schwarzweiß", erwiderte Frau Henke. „Willkommen im einundzwanzigsten Jahrhundert. Und jetzt guten Appetit!"

Titus lachte und sogar Melanie konnte sich ein Schmunzeln nicht verkneifen.

Während Titus beherzt nach den Brötchen griff, erklärte Frau Henke ihrem Mann mit eindringlicher Stimme, dass das Auto mit irgendwelchen Dingern ausgerüstet werden müsse, die beim Rückwärtsfahren piepsten. Herr Henke schlug stattdessen vor, beim Rückwärtsfahren einfach mal nach hinten zu schauen.

Das Frühstück verlief ansonsten wie immer, wenn die ganze Familie zusammensaß. Herr Henke erzählte gut gelaunt alle schlechten und uralten Witze, die er kannte, Frau Henke berichtete von diesen und jenen Kunden in der Firma, Melanie rührte dösig in ihrem Kakao herum, während sie intensiv damit beschäftigt war, alle anderen zu ignorieren, und Titus schaufelte haufenweise Brötchen mit Nuss-Nougat-Creme in sich hinein.

„So!" Herr Henke klatschte in die Hände, nachdem er den letzten Bissen runtergeschluckt hatte. „Was unternehmen wir heute?"

„Ey, nee!" Melanie verdrehte genervt die Augen.

„Margrit?"

„Also, ich wäre für einen schönen Spaziergang", schlug Frau Henke vor.

„Titus?"

„Eisdiele!"

„Melanie? Auch in die Eisdiele?"

„Nee. Gammeln. Außerdem ist der Spacken fett genug."

Titus bedankte sich mit einem gestreckten Mittelfinger.

„Hört auf, ihr Streithähne. Reißt euch mal einen Tag zusammen", schimpfte Frau Henke.

„Okay, also ich schließe mich der Mehrheit an und entscheide, dass wir heute Oma besuchen." Herr Henke grinste breit in die Runde, während Titus und Melanie lautstark protestierten. „Keine Widerrede. So wird's gemacht. Und heute Abend", Herr Henke machte eine ausholende Handbewegung in Richtung seiner Frau, „gehen meine geliebte Gattin und ich ins *La Casa Española* und futtern wie die Könige. Tisch ist schon reserviert – für zwanzig Uhr."

Herr Henke spürte Titus' hoffnungsvolles Grinsen an sich kleben. „Vergiss es! Ich gehe alleine mit eurer Mutter. Außerdem müsst ihr morgen zur Schule." Weg war das Grinsen.

Frau Henke strahlte dagegen bis über beide Ohren und stieß das typische freudige Quietschgeräusch aus, das Frauen machten, wenn sie Babys, Welpen oder George Clooney sahen. *Oh Gott!* Titus sprach es nicht laut aus. Hoffentlich wurde das nicht wieder einer dieser „romantischen" Abende, an denen ihre Eltern spät nach Hause kamen und leise ins Schlafzimmer schlichen, nur um zehn Minuten später auf ihrem alten Doppelbett einen rhythmisch-polternden Lärm zu veranstalten, den sie dann am nächsten Morgen auf einen angeblichen Sturm in der letzten Nacht oder auf die knarrenden Dachbalken schoben. Titus wusste nicht, was nervtötender war: Die Geräusche, die an eine Elefantenkuh auf einem Trampolin erinnerten, oder die ständigen „Psst"-Laute, die sie sich geräuschvoll zuzischten, wenn einer von beiden befürchtete, die Kinder zu wecken, von denen man annahm, dass sie schon „laaaange" schliefen.

Melanies angewiderter Gesichtsausdruck verriet, dass sie wohl gerade das Gleiche gedacht hatte. Dennoch konnte sie ein Grinsen nicht verbergen, als sie und ihr Bruder sich vielsagend anblickten.

Herr Henke beugte sich zu seiner Frau herüber und gab ihr einen Kuss auf die Wange „So, und jetzt räumen die Damen den Tisch ab und die Herren ziehen sich zurück." Er zwinkerte seinem Sohn zu und stand vom Tisch auf.

Das war Titus' Stichwort. Er erhob sich ebenfalls vom Frühstückstisch, hauchte seiner Schwester im Vorbeigehen ein sarkastisches „Haha!" ins Ohr und flitzte in sein Zimmer. Oben angekommen fuhr er seinen Laptop hoch und loggte sich in sein Spacebookprofil ein. Nervös starrte er auf den Bildschirm, während sich die Seite aufbaute, und ... wurde jäh enttäuscht.

Keine Neuigkeiten! Kein Schwein wusste von seiner Freundschaft mit Alex. Woher auch? Schließlich interessierte sich auch kein Schwein für sein Profil. Und genau das musste sich ändern. Er musste in die Offensive gehen und sich ins Gespräch bringen. Nur das *Wie* musste noch geklärt werden. Aber ihm würde schon etwas einfallen. Er war schließlich kreativ.

Während Titus grübelte, dachte er an seine Vorsätze vom Vorabend, erhob sich von seinem Computerstuhl, warf sich auf den Boden, ging in Liegestützposition und stemmte seinen Oberkörper fünfmal hoch und runter, bevor er sich halb aufrichtete und schließlich erschöpft auf seinen Hintern plumpste. Mit Schrecken erspähte er seine Schwester, die sich offenbar vor dem Abwasch gedrückt hatte und nun lachend in seiner Tür stand.

„Nicht schlecht, Specki. Waren das Liegestütze oder suchst du Chipskrümel auf dem Teppich?"

Titus antwortete mit einem gespielten, keuchenden Gelächter und klatschte ironisch Beifall.

„Sag mal, Schwesterchen, du bist doch eine Spacebookexpertin, oder?"

Melanie runzelte die Stirn. „Und?"

Wie sollte er die Frage formulieren, ohne dass sie Verdacht schöpfte?

„Hast du eine Idee, wie man schnell viele Leute erreicht, auch wenn keiner das eigene Profil kennt?"

Seine Schwester wurde misstrauisch und legte die Stirn in noch tiefere Falten. „Suchst du Freunde, oder was?", fragte sie mit einem leicht sarkastischen Unterton.

„Nein, ich bin ja nicht so der Onlinetyp", log er. „Gestern kam nur so ein Bericht über einen Köter, der zigtausend Fans im Internet hat, und ich hab mich gewundert, wie der so bekannt geworden ist."

Melanie verdrehte die Augen. „Keine Ahnung. Wahrscheinlich haben die Besitzer ein Profil für das Vieh erstellt und dann öffentlich irgendwo irgendwelche Scheiße gepostet."

Noch bevor Titus reagieren konnte, hörte er die Stimme seiner Mutter von unten rufen, die die beiden aufforderte, sich startklar zu machen.

***

„Ich sag's dir, Michael, die Wirtschaft stagniert seit drei Jahren und wird es auch weiter tun. Der Staat subventioniert ständig Mist auf der ganzen Welt und vergisst, da einzugreifen, wo es wirklich notwendig ist." Onkel Karl schob sich eine weitere Gabel mit Apfelkuchen in den

Mund und nahm schlürfend einen Schluck seines Kaffees, der nur aus Milch und Zucker zu bestehen schien. Tante Inge und Onkel Karl hatten sich ebenfalls spontan zu einem Familienbesuch bei Oma Irmgard eingefunden. So saßen nun alle am runden Eichenholztisch in Omas uriger, alten Küche, in der an allen Wänden Schwarzweißbilder aus den letzten hundert Jahren hingen. Der Blickfang des Raumes war ein alter Kohleofen aus dem neunzehnten Jahrhundert, mit dem in der Küche geheizt und gekocht wurde und der mittlerweile bestimmt gemäß irgendeiner EU-Richtlinie verboten war. Oma Irmgard hatte sich in den letzten Jahrzehnten erfolgreich und mit Händen und Füßen gegen elektrische Kochplatten, Ceranfelder und Induktionsherde gewehrt.

„Und die Ratingagenturen werden uns in spätestens zwei Jahren runtergestuft haben. Glaub's mir!"

„Na gut, aber..." Herr Henke dachte über eine sinnvolle Antwort nach, die ihn möglichst schlau wirken lassen sollte.

„Nee, Leute, nicht schon wieder diese endlosen Diskussionen über Politik und Wirtschaft." Tante Inge war offenbar kein Fan solcher, ihrer Meinung nach langweiliger Konversationen. „Es ist *Tag der Arbeit*. Also hört auf, über Arbeit zu labern. Und über Politik auch. Selten genug, dass wir uns mal alle hier sehen."

Oma Irmgard nickte heftig, um Inges Worte zu unterstreichen. „Das stimmt leider. Nie kommt mich mal jemand besuchen." *Der typische Refrain alter Menschen,* dachte sich Herr Henke, als seine Mutter ihm die Hand auf den Unterarm legte und hinzufügte: „Ab und zu ein Wochenendbesuch würde euch nicht umbringen. Und *euch* übrigens auch nicht." Dieser Vorwurf war an ihre Tochter, Titus' Tante Inge, gerichtet.

„Also, was gibt es Neues, Margrit?", fragte Inge ihre Schwägerin, um schnell vom Thema abzulenken. Titus' Mutter strich sich eine ihrer dunklen Strähnen aus dem Gesicht und streckte theatralisch die Unterlippe hervor. „Wie immer – nichts! Und bei euch?"

Onkel Karl legte seinem Sohn die Hand auf die Schulter und grinste die Henkes an. „Unser Björn hat gerade mit seiner Gruppe die Staffelmeisterschaft im Schach abgeräumt."

„Wow, nicht schlecht!", heuchelte Melanie zynisch, die Schach für einen Zeitvertreib für Scheintote hielt. *Wenigstens eine Dame, die er in seinem Leben berühren darf.* Das Letzte sprach sie lieber nicht laut aus.

„Ja, du mich auch." Björn funkelte sie herausfordernd an. Er war für einen Sechzehnjährigen recht klein und mager und sah mit seinen gestärkten Hemden, seiner geraden Sitzhaltung und seiner Brille immer aus wie ein kleinwüchsiger Steuerberater. Seinen Kopf zierte ein schleimig glänzender Seitenscheitel. Noch nie hatte Titus ihn mit einer anderen Frisur gesehen. Wahrscheinlich war er damit auf die Welt gekommen. Björn war Einzelkind und der ganze Stolz seiner Eltern. Titus beneidete ihn – zumindest die Tatsache, dass er wie ein Scheunendrescher futtern konnte, ohne zuzunehmen. Eben erst hatte er seinem Cousin zugeschaut, wie er drei Stücke Kuchen quasi weginhaliert hatte und schon auf Nummer vier schielte.

„Hey, Titus, Lust auf Tischtennis? Ich habe Schläger mitgebracht." Björn wirkte immer etwas steif, wenn er sprach. Das Gesicht blieb meistens reglos, während sein Unterkiefer hoch- und runterklappte. *Wie eine menschliche Handpuppe*, dachte Titus. Von einer Handpuppe unterschied sich Björn nur dadurch, dass man ihm keine Hand in den Hintern schieben musste, damit er anfing zu reden. Denn hatte er einmal das richtige Stichwort gehört, konnte er einem stundenlang das Ohr abkauen. Dazu zählten vor allem Themen wie Schach, Star Trek, Tischtennis oder Mineralsteine.

„Gute Idee!"

Die Jungen sprangen auf und stürmten in Richtung Küchentür.

„Die Platte steht zusammengeklappt in der Scheune. Baut sie aber draußen auf", rief Oma Irmgard ihnen nach. „Und trampelt mir beim Spielen nicht wieder die Blumen kaputt."

„Und wehe einer von euch pinkelt wieder in die Kräuter." Herr Henke sah Titus böse an. Dieses Allerheiligenessen vor drei Jahren würde er nie wieder vergessen. Seitdem verwendete er nur noch gefriergetrocknete Kräuter aus dem Glas.

Die alte Tischtennisplatte war schnell aus der Scheune gerollt und aufgebaut. An zahlreichen Stellen war die grüne Farbe abgeplatzt und das Netz bestand nur noch aus losen Fäden. Aber zum Spielen reichte sie vollkommen aus. An einem Ende der Platte lag eine vergilbte Plastiktüte, die Björn zuvor aus dem Auto geholt hatte. In ihr lagen fünf Tischtennisschläger, teils schon recht abgenutzt, aber noch absolut brauchbar.

Die Jungs wählten ihre Schläger aus und begannen ein Match.

„Ich gebe!" Umständlich schlug Titus den Ball zu seinem Vetter rüber und bekam als Dank einen geschmetterten

Rückpass, den er nicht abfangen konnte. Es war unglaublich, wie geschickt der kleine Streber die Bälle donnerte, ohne auch nur eine Spur seiner steifen Körperhaltung aufzugeben. Titus verlor Runde um Runde. Während seine Motivation schwand, nahmen die Schweißflecken kontinuierlich zu.

„Okay, ich gebe auf. Du bist der Champion." Keuchend massierte Titus seinen Spielarm. Björn vollführte eine gespielte Verbeugung und grinste breit.

„Hier, dein Schläger." Titus hielt ihn in Björns Richtung.

„Wenn du willst, kannst du ihn behalten. Und die anderen auch."

„Wieso? Spielst du nicht mehr?"

„Doch, ich habe online neue Markenschläger gekauft. Kommen in den nächsten Tagen an. Die hier", er zeigte auf die Tüte „habe ich übrig. Sind eh Billigdinger. Willst du die haben? Verkaufen lohnt sich nicht."

Titus dachte einen Moment nach. Was sollte er mit den Dingern anfangen? Er hatte nicht einmal eine Platte, um zu Hause zu spielen. Die einzige Gelegenheit für Tischtennis hätte er in den Schulpausen, wenn Horden kreischender und überdrehter Schüler Rundlauf spielten. Meistens schlugen sie die Bälle mit der bloßen Hand oder ihren Hausaufgabenheften, nur wenige hatten Schläger.

Schlagartig kam Titus eine Idee – eine geniale Idee, wie er fand.

„Hallo? Ich rede mit dir."

„Oh ja, ich nehme sie. Danke." Titus schnappte sich die Tüte und legte sie an den Rand des Kräuterbeetes. Dann half er seinem Cousin beim Abbau der Platte, bevor dieser auf die verzehrfertigen Kräuter pinkelte.

Drinnen saßen Herr Henke und Onkel Karl mittlerweile vor ihrer dritten Flasche Bier und diskutierten lautstark über Wirtschaft und Politik; darüber, dass sich in der Politik alles im Kreis drehe; über zu hohe Steuern; darüber, dass sich in der Politik alles im Kreis drehe; über die Unfähigkeit der Parlamentarier und darüber, dass sich in der Politik alles im Kreis drehe. Oma Irmgard, Tante Inge und Frau Henke spielten UNO, während die letzten beiden ihren Ehemännern in regelmäßigen Abständen mitteilten, dass das jetzt aber das letzte Bier sei. Man wolle ja schließlich bald nach Hause.

Titus, Melanie und Björn hatten es sich zwischenzeitlich in Omas „guter Stube" bequem gemacht und sich auf die dreiteilige Sofagarnitur mit dem typischen Alte-Oma-Stoff in der Farbe Kotzgrün gelümmelt. Sie saßen vor Omas uraltem Röhrenfernseher und schauten auf einem Musiksender einer offenbar geistig Verwirrten dabei zu, wie sie nackt auf einer Abrissbirne hin- und herschwang und dabei ein Lied sang. Die Stiefel hatte sie aber vergessen auszuziehen. Melanie war für das Programm zuständig. Jedenfalls hatte sie das so beschlossen und keiner der Jungs traute sich, dies infrage zu stellen.

Während Melanie fasziniert auf den Bildschirm starrte und ebenso laut wie schief mitjohlte, zückte Björn sein Smartphone und spielte online Schach gegen irgendeinen anderen zu kurz geratenen Steuerberater. Der perfekte Moment für Titus: Er holte sein Handy ebenfalls aus der Tasche, loggte sich bei Spacebook ein, navigierte in die Gruppe seiner Schulklasse und fing an zu schreiben:

Hey Leute, mein Freund _Alex_ hat fünf Tischtennisschläger zu verschenken. Braucht jemand einen für die Rundläufe in den Pausen? Grüße Titus.

Alex' Namen fügte er als Link in die Nachricht ein, sodass jeder mit einem Mausklick auf dessen Profil landete. Zufrieden steckte er das Handy wieder in die Tasche. Alexander Stahl wurde lebendig und machte sich einen Namen - *Titus* machte sich einen Namen.

***

Nach der vierten Flasche Bier und dem lautstarken Hinweis seiner Frau, dass man abends noch zum Spanier wolle - und zwar möglichst, ohne besoffen ins Buffet zu fallen, konnte sich Herr Henke endlich aus der Diskussion loseisen. Die beiden Männer waren zum Schluss übereingekommen, dass sich in der Politik alles im Kreis drehe. Die Ironie der Situation war nur den Frauen aufgefallen, die sich schmunzelnd angesehen hatten.

Oma Irmgard bedankte sich für den schönen Besuch, Titus dankte Björn für die Schläger und Frau Henke bedankte sich bei ihrem angetrunkenen Mann dafür, dass sie nun zurückfahren durfte.

Gegen halb fünf nachmittags kamen sie zu Hause an. Titus' Mutter sprintete durch die Eingangstür, dann die Treppe hoch und fing an, sich schick zu machen. Immerhin hatte sie nur noch zwei Stunden Zeit, um sich ein Kleid auszusuchen, sich zu schminken, das Kleid wieder auszuziehen, sich für ein anderes zu entscheiden, um dieses dann ebenfalls in die Ecke zu werfen, und sich danach zu beklagen, dass sie nichts anzuziehen habe. Zum Schluss würde sie sich dann für eine Bluse mit Stoffhose entscheiden und lamentieren, dass sie schrecklich aussähe. Herr Henke, der wie immer einfach den einzigen Anzug tragen würde, den er besaß, würde seiner Frau routinemä-

ßig einen auswendig gelernten Komplimentemonolog vor-
tragen; und zwar so lange, bis sie einwilligte, das Haus zu
verlassen.

Während dieser Zeit zwang sich Titus, nicht online zu
gehen, um zu schauen, was sich auf Spacebook getan hatte. Er wartete geduldig vor dem Fernseher, bis seine Eltern
gingen. Er wollte die Spannung steigern und nachher in
aller Ruhe und ohne nervige Eltern im Haus nachschauen.
Die Minuten kamen ihm wie Tage vor.

„Wir fahren dann los." Frau Henke klippte sich noch
schnell Ohrringe an. „Es kann spät werden." Sie hatte sich
den morgigen Tag als Brückentag freigenommen und
konnte am nächsten Morgen ausschlafen. Herr Henke hatte erst am folgenden Montag wieder einen Auftrag, eine
Garagenräumung, und würde sich erbarmen müssen, die
Kinder morgen früh zu wecken, mit ihnen zu frühstücken
und ihnen ihr Pausenbrot zu machen. Zumindest glaubte
Frau Henke das immer. In Wirklichkeit trottete er, wenn er
diese Aufgabe übernehmen musste, morgens verschlafen
in die Zimmer seiner Kinder und schaltete ohne Kommentar die Deckenlampen ein. Dann schlurfte er im Halb-
schlaf nach unten, warf Brot, Marmelade sowie zwei
Fünf-Euro-Scheine für den Schulkiosk auf den Tisch und
legte sich auf die Couch im Wohnzimmer, damit seine

Frau nicht merkte, dass er nahtlos weiterschlief. Außerdem war er der Meinung, dass ein Vierzehnjähriger und eine Dreizehnjährige alt genug waren, sich selbstständig schulfertig zu machen. Dies sprach er seiner Frau gegenüber aber nicht aus, da sie nicht müde wurde zu betonen, dass es ausgesprochen wichtig für die soziale Bindung sei, wenn wenigstens ein Elternteil morgens mit am Frühstückstisch sitze und so weiter und so weiter.

„Der Hund muss noch raus. Und um zehn seid ihr im Bett, verstanden?", rief Frau Henke die Treppe hoch. Aus Melanies Zimmer kam ein Geräusch, das nicht nach Zustimmung klang.

„Ja! Viel Spaß", rief Titus aus dem Wohnzimmer.

„Futtert mir nicht wieder den ganzen Süßigkeitenschrank leer." Mit diesen Worten hielt Herr Henke seiner Frau die Haustür auf. Nachdem sie ins Freie geschlüpft waren, steckte er noch einmal seinen Kopf in den Flur und flüsterte, ohne dass seine Frau es hörte, ein „Macht, was ihr wollt. Viel Spaß" in Richtung Wohnzimmer. Titus grinste, als die Tür ins Schloss fiel und der Wagen abbrauste. Sofort sprang er aus dem bunt geblümten Velours-Sessel seiner Mutter und rannte die Treppe hinauf in sein Zimmer. Das Booten des Laptops kam ihm wie eine Ewigkeit vor. Warum mussten diese Mistdinger immer in den ungünstigsten Momenten irgendwelche Updates mit anschließendem Neustart machen? Sollte er lieber das Smartphone benutzen? Nein! Auf dem großen Laptopbildschirm las es sich angenehmer. Zwei Neustarts, eine Konfigurierung und ein weggeklicktes *Die Anwendung musste leider beendet werden*-Kästchen später startete endlich der Browser und mit ihm die Spacebookseite. Nickname eingegeben, Passwort eingegeben und zack ... starrte Titus auf die Früchte seines heutigen Postings.

Sören Richter hatte mit „Jo, cool – brauche einen..." und einem Lachsmiley geantwortet. Manuel Brahm hatte ihm, ebenso wie Jonas Seifert, ein *Like* gegeben. Manuel war ein hochgewachsener, immer gut gelaunter und unkomplizierter Klassenkamerad. Jonas dagegen war ein hochnäsiger Wichtigtuer, der immer gekleidet war, als käme er gerade von einer Luxussegelregatta. Jonas' Vater war ein reicher Unternehmer. Er designte edle Damenunterwäsche und trug immer feinste Anzüge. Vielleicht war es auch umgekehrt. Titus wusste es nicht mehr genau.

Neben den beiden *Likes* und Sörens *Posting* hatte Titus auch eine Nachricht erhalten.

Hi, du kennst ja krasse Leute! Gruß Mareike.

Wow! Titus konnte es nicht fassen. Mareike Thiel hatte ihm geschrieben. Was für ein Ritterschlag, was für eine Ehre, auch wenn Mareike von Alex' Profil und nicht von seinem begeistert war. Für ihn war es dennoch, als würde sich Heidi Klum dazu herablassen, sich mit dem Glöckner von Notre Dame zu unterhalten. Für Mareike hatte Titus schon immer eine Schwäche gehabt und jetzt war sie zu ihm in den Glockenturm gestiegen und kraulte ihm den Buckel. Mareike!

Mit dösigem Blick schickte Titus ihr eine Freundschafts-anfrage. Was hatte er schon zu verlieren? Und wenn er schon einmal dabei war, schickte er Manuel, Sören und Jonas auch gleich eine.

Zufrieden klappte Titus den Laptop zu, verschränkte die Hände hinter dem Kopf und lehnte sich in seinem Compu-terstuhl zurück. Es war noch keine achtzehn Stunden her, dass er Alex zum Leben erweckt hatte, und schon kamen die ersten Erfolge. *Alexander der Große* begann seinen Siegeszug und Titus war sein erster Offizier.

4

„¡Tome, señora!" Ein dickbäuchiger Kellner mit breitem Schnauzer und durchgehender Augenbraue überreichte Frau Henke die gebundene Speisekarte.

Sie saßen an einem Zweiertisch im *La Casa Española*, das am heutigen Abend bis auf den letzten Platz belegt war. Das Restaurant war im spanischen Kolonialstil gebaut und eingerichtet worden; mit sehr hohen Decken, einer mächtigen Säule in jeder Raumecke und stilvoll dekorierten Bodenfliesen. Die Tische bestanden aus massivem, dunklem Naturholz und passten perfekt zu den schweren, geschnitzten Stühlen mit den verschnörkelten Sitzbezügen. Im Raum verteilte Jasminblüten und eine beinahe vier Meter hohe Palme in der Raummitte rundeten das Bild elegant ab. Leise, aber feurige spanische Musik untermalte die angenehme Atmosphäre und begleitete die Gespräche der knapp zwei Dutzend Gäste.

„No hasse falter, Sinnjor", schallte es im breitesten deutschen Akzent von Herrn Henke herüber, während seine Frau sich peinlich berührt nach links und rechts umsah. Trotz des Horrorakzents verstand der Kellner, dass seine Gäste wohl keine Karte benötigten. Stattdessen signalisierte ihm Herr Henke mit dem Zeigefinger, dass er ihm etwas zuflüstern wolle. Frau Henke seufzte leise und legte die zusammengeklappte Karte auf die Tischkante.

Der Kellner lauschte einige Sekunden aufmerksam und höflich, auch wenn die Lippen seines Gastes beinahe in seinem Ohr verschwanden. Sein zunehmend überraschter Gesichtsausdruck machte Frau Henke skeptisch, doch bevor sie nachhaken konnte, verschwand der Kellner bereits mit einem ungläubigen Grinsen in Richtung Küche.

„Was hast du denn bestellt?" Sie blickte auf ihren Ehemann, der ihr mit zusammengelegten Fingern über den Tisch entgegengrinste. „Romanticismo!" Seine Hände öffneten sich zu einer theatralischen, gönnerhaften Geste.

„Ich geb' dir gleich Romanticismo. Was du bestellt hast, hab ich gefragt!" Frau Henkes Ton ließ nichts Gutes erahnen.

„Also gut, zu Ehren dieses romantischen Abends gibt es das *experiencia...* äh... *de cocinar para* Dingsbums. Das, was draußen auf dem Schild stand."

Frau Henke riss die Augen auf und fiel fast seitlich vom Stuhl. „Du hast das Kocherlebnis für Gruppen bestellt?", zischte sie wütend über den Tisch.

„Was?" Herr Henke zog die Augenbrauen zusammen. „Nee, du versiehst dich."

„Hast du die Zahl neben dem Angebot gelesen? Das war keine Telefonnummer, das war der Preis."

„Da stand was von Paaren." Er klang wie ein Kind, das man beim Klauen erwischt hatte.

„Nein, da stand *para*. Das heißt *für* und nicht *Paar*!"

„Du bist so niedlich, mein ahnungsloser Schatz." Mit einem süffisanten Gesichtsausdruck, so als belehrte ein Vater seine Tochter, zog er unauffällig sein Smartphone aus der Tasche und googelte *para*, während sein Grinsen langsam aus dem Gesicht wich und einer erschrockenen Blässe Platz machte.

„Ich fasse es nicht!" Frau Henke fasste sich mit Daumen und Zeigefinger an die Nasenwurzel und kniff die Augen zusammen. „Wieso lasse ich dich Vollpfosten jedes Mal *zuerst* bestellen?"

„Ach, Schatz, jetzt lass uns den schönen Abend genießen." Er hielt ihr seine Hand entgegen. „Zu Ehren des Feiertages gönnen wir uns das jetzt einfach mal."

Frau Henke, die achtzig Prozent des Familieneinkommens erwirtschaftete und kurz überflogen hatte, dass heute Abend fast die Hälfte ihrer letzten Provision flöten gehen würde, war davon noch nicht vollends überzeugt. „Nimm die Hand runter oder ich schlage drauf." Die Hand verschwand wieder auf die andere Seite. „Ich brauche was zu trinken." Sie blickte sich nach einem Kellner um und bemerkte erstaunt, dass bereits einer auf ihren Tisch zulief. Vor sich schob er einen kleinen Rollwagen her, auf dem eine riesige Flasche Champagner, zwei Gläser und ein etwa handballgroßer Strunk voller Beeren thronten – der Beginn ihres Erlebnisessens. Und als wäre es nicht schon peinlich genug, dass zwei Personen sich eine Champagnerflasche von einer Größe bestellten, dass man bequem ein Buddelschiff in Originalschiffsgröße darin hätte aufbauen können, veranlasste spätestens das geräuschvolle und satte Ploppen des Korkens alle Gästen dazu, zu ihnen herüberzublicken. Der Kellner schenkte ein, stellte jedem ein Glas hin und sorgte schnell für Nachschub, als Frau Henke ihres sofort genervt weggeext hatte. Eine kurze Verbeugung und er war wieder in der Küche verschwunden.

„Du fährst!", war das Einzige, was sie herausbrachte, als sie ungläubig rechts neben sich auf den Beistellwagen blickte.

Ihr Mann nickte verlegen. „Natürlich, mein Schatz."

Nach dem dritten Glas hellte sich ihre Stimmung ein wenig auf und Frau Henke beschloss, sich nicht länger über das Festbankett aufzuregen, das ihr Mann bestellt hatte. Es hatte eh keinen Sinn zu lamentieren, denn jedes Mal, wenn sie von Neuem ansetzen und ihren Gatten ausschimpfen wollte, kam ein Kellner mit Wasser, Salat, kalter Suppe, warmer Suppe, Tapas, wieder Wasser oder einem Aperitif. Die Blicke der anderen Gäste ignorierte sie mittlerweile tapfer und arbeitete sich langsam zur Mitte der Champagnerflasche vor.

„Ich wollte noch über etwas Wichtiges mit dir sprechen, Michael."

„Waff dönn?", murmelte Herr Henke mit vollgestopftem Mund, wobei ein kleines Stückchen angekautes *Roscos* in Richtung seiner Frau flog.

„Igitt! Ich hab mein eigenes Essen, du Ferkel. Mach den Mund leer, wenn du redest."

„Tschu...", schnell wurde der Mund wieder geschlossen. Er hob stattdessen entschuldigend die Hände.

Sie musterte ihn mit leicht beschwipstem Blick. Irgendwie war er ganz süß mit seiner unbeholfenen Art. Mit diesem fünfundvierzigjährigen Tollpatsch war sie nun schon fast zwanzig Jahre verheiratet. Titus sah ihm wie aus dem Gesicht geschnitten aus, nur dass Herr Henke schlank und mit 1,90 Meter recht groß war. Die dunkelblonden Haare und die grünen Augen hatte sein Sohn aber von ihm.

„Ich mache mir Sorgen um Titus, weißt du?" Sie spielte gedankenverloren mit ihrer weißen Stoffserviette.

Herr Henke hörte für einen Moment mit dem Kauen auf, hob kurz die Augenbrauen, mampfte dann aber weiter.

„Er wirkt in letzter Zeit irgendwie niedergeschlagen. Man kommt gar nicht mehr richtig an ihn ran."

Herr Henke nickte und schob zwei Oliven hinterher.

„Melanie hat mir erzählt, dass er in der Schule immer wieder geärgert wird. Von diesen beiden Jungs aus der Parallelklasse – Matthias und Kevin."

Ihr Mann verdrehte die Augen. Er kannte die beiden zwar nicht persönlich, aber er hatte schon von ihnen gehört. Sie waren in der Schule bei den meisten Eltern bekannt.

„Meinst du, wir sollten mal mit Titus darüber sprechen?"

Herr Henke schluckte runter. „Nee, ich glaube, das wäre ihm sehr unangenehm."

„Die Lehrer?"

Er schüttelte den Kopf. „Das wäre ihm noch unangenehmer. Ich habe eine bessere Idee."

Weiter kam er nicht, denn ein überdimensionaler Rolltisch mit Kochplatten, Pfannen und frischen Zutaten machte neben ihnen halt. Dahinter stand ein lächelnder, braun gebrannter Mann mit großer weißer Kochmütze und begrüßte die beiden mit einem höflichen „¡Buenas tardes!"

Kommentarlos griff Frau Henke nach ihrem Champagnerglas, während der Koch eine große Pfanne mit Öl auf ein mit blau-gelben Flammen umringtes Kochfeld stellte. Einige Gäste steckten die Köpfe zusammen und tuschelten oder schauten interessiert zu.

Während das vor Hitze zischende Gemüse durch die Luft flog und mit der Pfanne wieder aufgefangen wurde, applaudierte Herr Henke wie ein kleines Kind im Zirkus. Das „Bravo!" blieb ihm allerdings im Halse stecken, als er den Blick seiner Frau und das leichte Kopfschütteln bemerkte. Das war der typische *Benimm-dich-wir-sind-hier-nicht-zu-Hause*-Blick und er begann, verlegen an seinem Glas zu nippen.

Mit eleganten, fast majestätischen Bewegungen wurden weitere Zutaten zerkleinert und in die Pfanne befördert.

„Wahnsinn, diese Leidenschaft, dieses Temperament. Ihr Spanier habt so eine Lebendigkeit."

„Ich bin Albaner, mein Herr. Aber trotzdem danke."

Schnell nippte Herr Henke wieder an seinem Glas herum.

Der Hauptgang dauerte knapp eine Dreiviertelstunde bzw. vier Gläser Champagner in Frau Henkes Zeitrechnung, die schon einen ordentlichen Schwips hatte, da sie nur sehr selten Alkohol trank. Der Koch war inzwischen mitsamt der mobilen Küche wieder verschwunden und Herr Henke saß mit geöffnetem Hosenknopf auf seinem Stuhl und schnappte nach Luft.

„Um noch mal auf vorhin zurückzukommen...“ Frau Henkes glasiger Blick suchte seine Augen. „Was sollen wir unternehmen?“

Herr Henke, dem nicht mehr nach Diskussionen zumute war, vor allem, weil er befürchtete, furchtbar rülpsen zu müssen, sobald er den Mund aufmachte, massierte vorsichtig seinen Bauch. Er wusste nicht, wann er das letzte Mal so viel gegessen hatte. „Ich werde mal mit den Jungs reden. Noch in dieser Woche!“

„Ohne vorher mit Titus zu reden?“

„Ihm wäre das Ganze nur peinlich und er würde uns gegenüber sowieso nicht offen erzählen, was los ist. Lass mich das mal regeln, Schatz.“ Er zwinkerte ihr vielversprechend zu.

„Wenn du meinst!“ Frau Henke war zu müde und betrunken, um die Sache auszudiskutieren. Sie spähte nach dem Kellner, weil sie die Rechnung verlangen wollte.

Dieser war bereits auf dem Weg zu ihnen, allerdings nicht alleine. Auf einem Tablett balancierte er eine mit brennenden Wunderkerzen bestückte Eistorte, die er in die Mitte des Tisches stellte und die den Blick aller Nachbartische auf sich zog. Und als wäre das noch nicht genug, bekam nun auch der letzte Gast im Restaurant mit, was Herr Henke heute Abend Exquisites bestellt hatte, als vier laut trällernde Mariachi-Sänger, die allesamt wie Russen aussahen, in traditioneller Tracht den Tisch umrundeten und mit Gitarre, Vihuela, Guitarrón, Geige, Maraca und Trompete lautstark ihr *Jarabe Tapatío* spielten und sangen. Frau Henke traute ihren Augen und vor allem ihren Ohren nicht. Was hatte eine mexikanische Mariachi-Band in einem spanischen Restaurant verloren?

Angefeuert von Herrn Henkes Klatschen, Wippen und gelegentlichem „Olé"-Rufen spielten sie immer lauter und schneller, während seine Frau dem letzten Rest der Champagnerflasche zu Leibe rückte und sich schwor, ab sofort nur noch Essen nach Hause zu bestellen. Als dann noch die Rechnung kam und sie den Gesamtbetrag las, war ihr klar, dass sie sich heute Abend im Schlafzimmer keine „Psst"-Geräusche zuzischen würden.

5

Gegen 20:30 Uhr und circa dreizehn Kilometer vom *La Casa Española* entfernt starrte ein überraschter Kevin Sendtner in seinem Zimmer auf den Bildschirm seines Computers. Langsam und ohne den Blick vom Monitor abzuwenden nahm er einen letzten Zug von seinem Joint, bevor er die Kippe im Aschenbecher ausdrückte und sich dabei die Fingerkuppe verbrannte. Den Schmerz registrierte er kaum; so sehr war er in das vertieft, was der Monitor da in schwarzen Lettern auf hellblauem Hintergrund ausgespuckt hatte. Zur Sicherheit las er die Nachricht erneut, um sich zu vergewissern, dass ihm sein zugedröhntes Hirn keinen Streich spielte. Ein leicht gequetschtes „Öh!" unterstrich seine Ratlosigkeit und ließ Matthias erstaunt auf den Pause-Knopf des Controllers drücken. Er saß am anderen Ende des Zimmers auf einer abgewetzten, alten Ledercouch, die mal weiß oder cremefarben gewesen sein musste, aber mittlerweile aussah, als würde sie einen Wettstreit mit den Hempels locker gewinnen. Matthias' Füße thronten auf einem Tisch, der aus einer leeren Bierkiste mit einer darübergelegten MDF-Holzplatte bestand, welche Kevin in liebevoller Kleinarbeit mit Sprüchen, Tattoo-Ideen, Mittelfingern und

Genitalien dekoriert hatte. Abgerundet wurde diese stilvolle Sperrmüllecke durch einen zerkratzten Flachbildfernseher, der mit einer Spielekonsole verbunden war.

Das Zimmer war der ehemalige Dachboden des Hauses Sendtner. Die anhebbare Bodenluke aus schwerem Eisen, an die sich eine Wendeltreppe anschloss, gab dem Fußboden den Flair eines U-Bootes und trennte das Zimmer vom ersten Stockwerk. Kevins Vater hatte den Boden zu einem Jugendzimmer umgebaut, als sein Sohn erste Anzeichen der Pubertät gezeigt hatte. Die kleine Kammer neben dem Elternschlafzimmer war schnell unpassend für ihren impulsiven Sprössling geworden und hatte außerdem ausgesehen, als sei dort eine Restmülltonne explodiert. Am liebsten hätte Herr Sendtner dabei auf die Wendeltreppe verzichtet und die Dachluke zugeschweißt, während sein Sohn im Zimmer schlief, doch seine Frau hatte eingeworfen, dass Kevin ganz und gar kein schwieriger Junge, sondern nur ein normaler, pubertierender Teenager sei, der ab und an seine Grenzen austeste. „Ein normales, pubertierendes Großmaul!", hatte Herr Sendtner geantwortet. Er hatte sich schnell wieder gefangen, zumal er lediglich jedes zweite Wochenende nach Hause kam, da er als Fernfahrer in ganz Europa herumreiste.

Kevins Mutter arbeitete als Krankenschwester im hiesigen Krankenhaus. Da sie seit fünf Jahren in der Nachtschicht eingesetzt war, hatte Kevin fast jeden Abend sturmfreie Bude, was Matthias stets dazu veranlasste, sich mindestens fünf Tage in der Woche bei ihm einzunisten, was *Matzes* alleinerziehende Mutter wiederum dankend unterstützte. Obwohl auch Matthias Einzelkind war, kam es seiner Mutter vor, als versuche sie, eine ganze Horde zu erziehen.

Meist hockten die beiden Jungen im Dachbodenzimmer herum, futterten Chips, spielten Videospiele, rauchten heimlich und schütteten sich mit Energy-Drinks zu, bis sich ihnen die Fußnägel hochrollten.

Langsam fing Kevin sich wieder. „Alter, lies das mal!" Er wies mit dem Zeigefinger auf den flimmernden Bildschirm.

„Nee, keinen Bock aufzustehen. Lies vor." Matthias lehnte sich zurück, betrachtete die holzgetäfelten Deckenschrägen und fing an zu popeln - ein eindeutiges Indiz dafür, dass er versuchte, sich zu konzentrieren.

„Irgendein Penner hat mir eine Nachricht geschickt. Kennst du einen Alexander Stahl aus...", Kevin scrollte mit dem Mausrad hin und her, „Berlin?"

Matthias war in der Zwischenzeit erfolgreich gewesen und schnippte seine Ausbeute mit Daumen und Zeigefinger gegen die Holzvertäfelung, was er mit einem zufriedenen Grinsen quittierte.

„Nee, kenn' ich nicht. Was will der von dir?"

„Von uns!"

„Hä?" Matthias richtete sich nun doch auf, nahm den letzten Schluck aus seiner Energy-Drink-Dose und trottete, nachdem er erfolglos probiert hatte, sie lässig zwischen den Händen zu zerquetschen, in Richtung Computer.

„Zeig mal!" Er versuchte, Kevin vom Bürostuhl zu schubsen, um sich zu setzen, doch dieser wehrte sich, sodass Matthias nichts anderes übrig blieb, als sich umständlich vor den Schreibtisch zu knien, um etwas lesen zu können. Was er las, ließ ihn seine unbequeme Haltung jedoch schnell wieder vergessen.

Pass gut auf, du tiefbegabter Halbaffe,
ich hatte heute ein längeres Gespräch mit meinem Kumpel Titus Henke! Der Name dürfte dir bekannt vorkommen, oder? Er ist der Junge, den du zusammen mit dieser Hohlbratze Matthias regelmäßig in der Schule verarschst. Nur damit du Bescheid weißt – Titus ist wie mein eigener Bruder und wer meinen Bruder angreift, greift auch mich

an. Und wer mich angreift, bekommt 'nen Satz warme Oh-
ren. Es gibt zwei Wege, wie wir das jetzt regeln. Entweder
ihr lasst meinen Kumpel in Ruhe und wir vergessen die
Sache oder ihr beiden spielt euch weiterhin so auf und ich
spiele mit euch Pickelbomben Sackhüpfen.
Also, überlegt es euch!!!
Gruß, Alex!
P.S.: Lies diese Nachricht deinem Kumpel Matthias am
besten noch einmal ganz langsam vor. So viel ich gehört
habe, könnte er, wenn Dummheit klein machte, von der
Tischkante Fallschirm springen.

Matthias' Halsader pochte vor Zorn, als er hochscrollte, um die Nachricht noch einmal zu lesen. Mit hochrotem Kopf und geblähten Nasenflügeln klickte er schließlich auf den *Antworten*-Button und hackte wutschnaubend auf die Tastatur ein.

Du dreckiger kleiner Wi.... Kevin riss ihm die Tastatur aus der Hand. „Bist du bescheuert? Was hast du vor?"

„Ich zeige dem Arsch, mit wem er sich angelegt hat."

Kevin schlug ihm mit der flachen Hand auf die Stirn, was Matthias mit einer gehobenen, drohenden Faust beantwortete. „Bevor du hier den großen Macker spielst, solltest du dir erst mal sein Profil und sein Bild angucken." Es war nicht das erste Mal, dass sein Kumpel die Klappe aufriss, ohne vorher sein Hirn einzuschalten.

„Hier!" Kevin klickte auf den Nicknamen und deutete auf den Bildschirm.

Matthias' wütende Miene verwandelte sich während des Lesens allmählich in einen dümmlichen Gesichtsausdruck, der von Ratlosigkeit zeugte. Das Lesen dauerte eine Ewigkeit und wurde nur von kurzen Kommentaren wie „Scheiße!" und „Krasser Typ!" unterbrochen. Er blickte auf. „Und jetzt?"

„Kann ja keiner ahnen, dass der Pisser solche Leute kennt."

„Dafür kriegt der morgen die doppelte Packung." Matthias ließ die Finger knacken. Anscheinend hatten seine Oberarme seine Gehirnwindungen wieder einmal überholt.

„Hallo? Und was ist, wenn der Kerl hier vor der Tür steht und uns ein paar in die Fresse haut?" Kevin schaute noch einmal auf die schwarze Tätowierung, die auf Schulterhöhe seitlich aus Alex' Muscle-Shirt hervortrat und an der Halsschlagader endete, sodass das Tribal beinahe sein Ohr berührte. „Der sieht aus, als hätte er mal gesessen."

„Sollen wir uns das von dem kleinen, fetten Spinner gefallen lassen? Komm schon, Kevin. Das wäre saupeinlich.

Dann weiß er, dass wir uns nicht trauen, ihn anzurühren, nur weil er irgendeinen Hobby-Psychopathen kennt."

Nun ließ auch Kevin die Finger knacken und starrte nachdenklich auf den Bildschirm. „Wir lassen uns morgen nichts anmerken und verhalten uns so, als wäre nichts gewesen. Wir lassen den kleinen Spasti in Ruhe und versuchen erst einmal rauszukriegen, woher die beiden sich kennen. Irgendwie habe ich das Gefühl, dass der uns verarschen will."

„Fuck!" Matthias schlug mit der Faust auf die Tastatur, was mit einem lauten Krachen und dem Herausspringen der Enter-Taste belohnt wurde. Er wuchtete sich auf das Sofa, grapschte sich den Controller und fuhr seinen getunten M5 mit voller Wucht gegen die Bande der Rennbahn.

„Saubere Leistung, du Idiot" Kevin drückte die Enter-Taste wieder auf ihre Position und funkelte Matthias wütend an. „Wir kriegen schon raus, was da läuft. Und du", er zeigte mahnend mit dem Zeigefinger auf seinen Kumpel, „reißt dich morgen zusammen. Kapiert?" Schweigen. „Ich meine es ernst!"

„Deine Mutter meint es ernst!"

„Matze!", brüllte er.

„Ja Mann. Bleib locker. Ich reiß mich zusammen." Klick – Restart – Klick – Ampel – ROT, GELB, GRÜN, GO! – Matthias' neuer M5 raste über den Asphalt.

Na, hoffentlich hielt er jetzt ein Weilchen die Klappe. Kevin musste nachdenken. Klick – Knistern – rote Glut – eine blaue Dunstwolke verließ seinen Mund und verteilte sich vor dem Bildschirm.

6

W as hatte er getan? Titus blickte mit entsetzt aufgerissenen Augen auf den Bildschirm, der ihm in weißen Lettern auf hellblauem Hintergrund mitteilte, dass die Nachricht gesendet worden war.

„Oh Gott!" Es war mehr ein Hauchen als gesprochene Worte. Er hielt sich mit der flachen Hand den weit geöffneten Mund zu. „Scheiße!" Das Hauchen wurde schriller. „Ich bin so dämlich." Er fühlte, wie sein Herz ihm bis zum Hals schlug und sein Kreislauf verrücktspielte. Kleine, glänzende Schweißperlen bildeten sich ganz langsam auf seiner Stirn.

Titus klickte auf den *Gesendet*-Ordner und las die Nachricht erneut.

Das war sein Ende. Kevin und Matthias würden ihn fertigmachen! Was war nur in ihn gefahren?

Dabei glitt sein Blick nach rechts auf die zwei Bierflaschen, die er sich heimlich gemopst und vor dem Computer getrunken hatte. Seine Eltern waren schließlich weg und er hatte einfach mal etwas Verbotenes tun, einfach mal einen Kick erleben wollen. Also war er leise in den Keller geschlichen, hatte sich zwei Flaschen Bier geschnappt und sie in seiner Hose versteckt. Nach einem geräuschvollen Sturz auf der Treppe, den die Flaschen glücklicherweise unbeschadet überlebt hatten, war er in sein Zimmer verschwunden. Melanie hatte nichts bemerkt, weil sie vor ihrem Fernseher lauthals ein Lied mitgekrischen hatte.

Jetzt saß Titus vor den zwei leeren, grünen Flaschen und den Scherben seines Lebens, denn eines war ihm klar – der Liter Bier hatte seine Hemmschwelle sinken und seinen Übermut wachsen lassen. Verführt vom anfänglichen Rausch, der ihm Stärke und Gelassenheit vorgegaukelt hatte, war Titus online gegangen, um seinem angestauten Ärger Luft zu machen. Er hatte die Nachricht nur aus Spaß getippt, er hatte sie nicht einmal abschicken wollen. Es ging nur um das Gefühl, wie es wäre, wenn... Und dann hatte er, nach einem weiteren großen, sehr großen Schluck die Enter-Taste gedrückt und die Nachricht mit einem Kanonenschlag von Rülpser an ihren Adressaten gesendet. Zeitgleich mit dem Aufblinken der Sendebestätigung war der Schleier in Titus' Kopf aufgebrochen und hatte einer entsetzlichen Klarheit Platz gemacht. Die nüchterne Realität war auf einen Schlag zurückgekehrt.

Eine gefühlte Ewigkeit verging, während Titus durch die Flaschen hindurch ins Leere starrte.

Alex, was hast du mit mir gemacht? Bei diesem Gedanken fuhr er sich mit den Händen über das errötete, verschwitzte Gesicht. *Ich habe mich von einer erfundenen Person mitreißen lassen.* Er konnte es nicht begreifen.

Wuschel lag auf dem Bett und fiepte leise, so als ob er Titus' Panik spürte. Ach, wäre er doch nur ein großer, deutscher Schäferhund, dann hätte er Titus sicherlich beschützen können. Aber ein Hund, der im Park regelmäßig von den Enten gejagt wurde, anstatt umgekehrt, würde die beiden Idioten nicht beeindrucken.

Morgen war Unterricht. Wut ergriff ihn, während er darüber nachdachte, dass seine Schule eine der wenigen war, die den morgigen Freitag nicht zum Brückentag erklärt hatten. Dann hätte Titus wenigstens noch eine Schonfrist bis Dienstag gehabt. Montag war nämlich das jährliche Sportfest der Schule und das konnte man bequem und unbemerkt schwänzen; zumal Titus keinerlei Ambitionen hatte, da mitzumachen.

Dann hätte bis Dienstag zumindest ein bisschen Gras über die Sache wachsen können und er hätte sich in Ruhe überlegt, was zu tun wäre.

Clara hingegen hatte morgen frei. Ihre Schule gönnte den Schülern ein langes Wochenende.

Sollte er…? Nein, das wäre ihm zu peinlich. Oder doch? Die Karten auf den Tisch legen und sie um Hilfe bitten? Schließlich hatte Clara häufig die besten Ideen und ihm schon mehr als einmal aus der Patsche geholfen.

Und Chris? Immerhin kannte er Matthias und Kevin, wenn auch nur flüchtig, aus der Schule und würde die Situation vielleicht besser einschätzen können.

Alles Zetern und Weigern half nichts. Er kam nicht umhin, jemanden um Rat zu fragen, wollte er nicht, dass Matthias und Kevin morgen früh den Toilettenboden mit ihm aufwischten. Er schnappte sich sein Smartphone und schickte beiden eine Nachricht.

- Brauche dringend eure Hilfe! Bitte, bitte kommt so
  schnell es geht zu mir.

Es war Viertel vor neun und die beiden wohnten jeweils nur fünf Fahrradminuten von ihm entfernt. Hoffentlich machten die Eltern keinen Strich durch die Rechnung. Aber immerhin war es Mai und richtig dunkel wurde es erst gegen zweiundzwanzig Uhr. Titus' Eltern waren sicherlich noch eine Weile im Restaurant und schauten sich verliebt in die Augen.

Wenn er gewusst hätte!

Eine Viertelstunde später klingelte es an der Haustür und Wuschel donnerte wie von der Tarantel gestochen bellend zur Haustür und sprang dort auf und ab, darauf wartend, dass jemand öffnete. Das mit der Hundeklappe hatte er immer noch nicht kapiert oder sie freiwillig den Katzen überlassen.

Titus öffnete und schaute in Claras besorgtes Gesicht. Ihr Kopf war knallrot, als wäre sie mit dem Fahrrad rübergerast, und bildete einen farblichen Kontrast zu ihrem luftigen, weißen Sommerkleid, das ihr bis zu den Knien ging. Ihre brünetten, schulterlangen Haare waren vom Fahrtwind zerzaust und ihr zierlicher Brustkorb hob und senkte sich hektisch, während sie nach Luft schnappte. Den an ihr hochspringenden Wuschel registrierte sie gar nicht in der Aufregung. „Titus!" Sie hechelte. „Was ist passiert? Ich bin losgedüst, so schnell ich konnte."

Ein lautes Quietschen ließ sie herumfahren. Es war die Bremse von Chris' Fahrrad, der sich sportlich-elegant von seinem Mountainbike schwang und das Rad einfach in die Hecke fallen ließ - eine Parkmethode, die Herrn Henke jedes Mal die Halsader vor Wut anschwellen ließ, wenn er sah, dass wieder einmal ein Fahrrad an oder besser in seinen Zypressen lehnte.

„Hi!" Der drahtige Chris joggte die letzten Meter zur Haustür, sodass seine leicht gelockten Haare hüpften, drückte die verschwitzte Clara und hielt Titus die Hand zum Abklatschen hin.

„Was ist denn los?" Die beiden fragten es beinahe gleichzeitig.

„Komm rein. Ich erzähle euch alles."

„Hast du was getrunken?" Clara schnupperte hörbar und sah ihn verwundert an.

„Nicht hier, Leute", flüsterte Titus. „Lasst uns in mein Zimmer gehen.

An der Treppe kam ihnen Melanie entgegen, die wohl neugierig geworden war, wer so spät noch klingelte, und nach einem auffallend kleinlauten, fast schüchternen „Hallo" kehrtmachte und zurück in ihr Zimmer flitzte.

Die drei gingen ebenfalls nach oben. Clara und Chris setzten sich nebeneinander auf das Bett und starrten gespannt auf Titus, der seinen Computerstuhl heranrollte und sich vor den beiden niederließ.

„Also, erzähl!" Clara nickte ihm mit einem sanften Lächeln aufmunternd zu.

„Es ist etwas passiert. Ich habe…" Weiter kam er nicht. Titus' Blick trübte sich, als die Tränen in seine Augen schossen. Er konnte sie nicht stoppen. Sein Gesicht begrub er in den Händen und schluchzte mitleiderregend. Seine Freunde sahen sich einige Sekunden verwirrt an.

Clara legte ihre Hand auf sein Knie, was ihn eher verwirrte als beruhigte.

Nach zwei scheinbar unendlichen Minuten hörte das Wimmern und Schluchzen endlich auf. Die Tränen wurden mit den Ärmeln seines Pullovers getrocknet und allmählich kam die Stimme zurück.

„Tut mir leid."

„Macht doch nichts." Chris gab ihm einen kameradschaftlichen Klaps auf die Schulter und Clara streichelte immer noch sein Knie.

„Und jetzt erzähl, was los ist."

Plötzlich sprudelten die Worte von allein aus ihm heraus. Er erzählte die ganze Geschichte, angefangen beim gestrigen Schultag, über seine Unzufriedenheit, das Spacebookprofil, das Tischtennisschlägerposting in der Klassengruppe bis hin zu der Nachricht, die er Matthias und Kevin vor knapp einer halben Stunde geschrieben hatte.

Der Gesichtsausdruck der beiden Zuhörer war schwer zu deuten. Sie starrten ihn mit großen Augen an, während er erzählte, nickten zwischendrin immer mal wieder oder hoben und senkten die Augenbrauen. Für sie war das alles neu. Sie hatten beide kein Spacebookprofil und dementsprechend noch nichts von Alex' Profil beziehungsweise seiner angeblichen Freundschaft mit Titus gelesen.

„Tja, und jetzt sitze ich hier und weiß nicht weiter." Er legte die Hände in den Schoß.

„Puh!" Clara atmete hörbar aus. „Da hast du ja echt Scheiße gebaut."

Titus presste die Lippen zusammen und blickte zu Boden. Wieder folgte Schweigen.

„Ich denke", ergriff Chris schließlich das Wort, um die Stille zu unterbrechen, „wir sollten mal alle Möglichkeiten abwägen." Er fuhr sich gedankenverloren mit den Fingern durch seine Locken. „Die Sache einfach zu vergessen, wird nicht funktionieren. Die werden das morgen regeln wollen. Und bei dem Fliegenschiss an Intelligenz, den die beiden haben, könnte das für dich schmerzhaft werden."

Titus' Blick wurde immer trüber.

„Die zweite Möglichkeit wäre, ihnen alles zu erklären und dich zu entschuldigen. Das Ergebnis wäre wohl dasselbe wie bei Option Nummer eins." Chris hatte jetzt den altbekannten Oberlehrerton am Leib, in den er verfiel, wenn er Leuten etwas erklärte und dabei innerlich feststellte, wie gerne er sich selber reden hörte. „Möglichkeit drei wäre, deine Eltern oder die Lehrer um Hilfe zu bitten."

Titus' Gesicht verriet, dass er nicht im Traum daran dachte, sich diese Blöße zu geben, zumal es für ihn furchtbar peinlich werden würde und Matthias und Kevin sich garantiert rächten, wenn er sie verpetzte.

„Und zu guter Letzt", Chris machte eine künstlerische Pause und hob den Finger zusammen mit seinem Kinn.

„Jetzt tu' nicht so affig und erzähl." Clara versuchte ihr Schmunzeln mit einem genervten Blick zu kaschieren.

„...gäbe es noch die Möglichkeit, zu bluffen."

Beide sahen ihn fragend an.

„Bluffen?"

Chris spielte an den Seitentaschen seiner kurzen Camouflagehose, während er kurz überlegte, bevor er weitersprach. „Du musst die beiden davon überzeugen, dass es Alex wirklich gibt und dass er vorbeikommen würde, wenn es dir mit Kevin und Matthias zu bunt wird."

„Aber wie?"

„Du musst deine Rolle verdammt gut spielen. Und vor allem musst du selbstbewusst sein. Wenn du morgen vor denen rumstammelst und dabei dusselig in der Gegend rumguckst, wissen die sofort, dass was nicht stimmt. Du musst also cool und dominant bleiben, so als hättest du Alex als beschützendes Ass im Ärmel."

Titus schaute wieder zu Boden. Würde er das hinbekommen? Konnte er den Coolen spielen? Unwillkürlich musste er an den Hund seines Onkels, *Chuck*, denken, vor dem er sich immer gefürchtet hatte. Auch damals hatte man ihm den Tipp gegeben, den Dominanten zu spielen. Das Ergebnis war gewesen, dass *Chuck* ihm die Hosenbeine zerbissen und ihm auf die Schuhe gestrullert hatte. Seitdem hatte er sich keinem Duell mehr gestellt.

„Ich weiß nicht." Clara verschränkte die Hände hinter ihrem Kopf. „Dieses Getue! Am Ende kommt die Wahrheit ja doch immer raus. Was ist, wenn sie das durchschauen?"

„Und was ist, wenn nicht? Soll er sich bei den beiden entschuldigen und sagen: *Sorry Jungs, hab das Profil erfunden, um euch zu veräppeln. Schwamm drüber?*"

Endlich meldete sich Titus zu Wort. „Okay, es geht nicht anders. Ich habe mir die Sache eingebrockt, jetzt gibt es kein Zurück mehr. Ich muss die Rolle mitspielen und hoffen, dass Matthias und Kevin darauf reinfallen. Aber was genau soll ich tun?"

„Egal wie du es anstellt, es darf auf keinen Fall zu gestellt wirken. Du musst spontan sein." Chris überlegte kurz. „Ich könnte auch morgen in der Schule ganz zufällig vorbeilaufen, wenn die beiden mit dir reden, und erzählen, ich hätte gestern mit Alex geschrieben, oder so. Dann glauben sie, dass er existiert."

„Oh ja, das wirkt überhaupt nicht gestellt und total spontan." Clara verdrehte die Augen. „Chris hat aber schon recht, was das sichere Auftreten betrifft."

„Ich hab's!" Chris klatschte kräftig in die Hände. „Du wartest in der großen Pause draußen bei den Bänken. Wenn Matthias und Kevin vorbeikommen, guckst du sie kurz an, aber nicht so, dass du sie provozierst, und auch nicht so, dass sie denken, du pinkelst dich gleich ein vor Angst. Wenn sie dich ignorieren, weißt du, dass sie die Sache ernst nehmen. Und wenn sie dich darauf ansprechen oder dir dumm kommen, sagst du einfach, die Idee sei nicht von dir gewesen, sondern Alex hätte einfach von sich aus die Nachricht verfasst, weil ihr beste Kumpels seid und er dir helfen will." Chris machte eine weitere künstlerische Pause, um seine Worte wirken zu lassen. „Und dann", fuhr er fort, „rufe ich von der anderen Seite des Schulhofes auf deinem Handy an. Da hinten merkt eh kein Lehrer, wenn dein Handy klingelt und du es aus der Tasche holst. Du zeigst den beiden einfach kurz dein Display, auf dem zu sehen sein wird, dass Alex anruft, und sagst sowas wie: *Wenn man vom Teufel spricht,* oder so ähnlich. Und dann täuschst du ein Telefonat mit Alex vor. Ich verstelle einfach meine Stimme und erzähle irgendwelchen Mist. Die beiden werden hören, dass du wirklich telefonierst. Du könntest dich zusätzlich auch mit Alex verabreden. Anhand des Telefonats und der Verabredung werden die beiden merken, dass ihr regelmäßig Kontakt habt und euch seht. Und wenn alles gut geht, werden sie sich wieder verdrücken."

Titus war hin- und hergerissen. Konnte er sich darauf verlassen, dass ihn kein Lehrer sah, wenn er ans Handy gehen würde? Immerhin hatte Chris bereits viermal die Hausordnung abschreiben und sein Smartphone von seinen Eltern abholen lassen müssen. „Und wie bekommen wir es hin, dass Alex' Name im Display erscheint?" Er ärgerte sich über diese dämliche Frage, zumal ihm die Antwort schon einfiel, als er sie aussprach.

„Na, wie schon! Du änderst meinen Kontaktnamen in *Alex*. Wenn ich anrufe, erscheint nicht mehr mein Name, sondern seiner. Außerdem sollten wir das Anruferbild ändern. Nimm am besten das Profilfoto, das du auf Spacebook hochgeladen hast."

Clara knetete ihre Hände nachdenklich. „Komplizierter geht das wohl nicht, oder? Aber irgendwie ist die Idee gar nicht schlecht. Zumindest, wenn sie klappt."

„Das wird sie, solange Titus die Nerven behält."

„Also, in der großen Pause bei den Bänken?"

Seine Freunde nickten. Dort hinten würde er relativ ungestört sein und auf jeden Fall auf Matthias und Kevin treffen, schließlich hingen sie da in den Pausen immer rum. Er musste nur dafür sorgen, dass er den beiden nicht schon vorher über den Weg lief, damit der Plan aufging. Draußen war es am geschicktesten. Im Gebäude könnte ihm ein Lehrer einen Strich durch die Rechnung machen.

Das Schulhaus selbst war ein eleganter, U-förmiger Bau aus Sandstein, der zu Beginn des zwanzigsten Jahrhunderts mal ein Verwaltungsamt gewesen war. In der Mitte des U's befand sich ein majestätischer Springbrunnen mit zahlreichen Verzierungen, der allerdings nie in Betrieb war, weil die Stadt Geld sparen wollte. Deswegen diente er nur noch als Sitzgelegenheit oder überdimensionaler Mülleimer, was den Rektor, Herr Niebel, regelmäßig zur Weißglut brachte. Die linke Seite des U's beherbergte im Keller die Naturwissenschaften, im Erdgeschoss die Räume der Unterstufe und im ersten Stock die der Mittelstufe. Die rechte Seite war den Oberstufenschülern vorbehalten. Der mittlere Gebäudekomplex bestand aus Verwaltungsräumen, Sekretariat, Computerzimmern, Hausmeisterbüro, Versammlungsraum, Direktion, dem immer stark nach Kaffee riechenden Lehrerzimmer und noch einigen anderen Räumen, von denen einer stets verdächtig nach

Zigarettenqualm roch. Rechts neben dem Gebäude-U befand sich der Schulhof: eine zur Hälfte gepflasterte und zur anderen Hälfte mit Rasen bepflanzte, riesige Fläche. Direkt am Gebäude waren der Schulkiosk, Tischtennisplatten, Schaukeln, Mülleimer und ein großes Bodenschachbrett, auf dem meistens irgendwelche Fünftklässler Schachfiguren in der Gegend rumkickten, in der Hoffnung, sie anderen Kindern an den Kopf donnern zu können.

In der Mitte des Hofes gab es eine riesige Kletterspinne, die den Unterstufenschülern in jeder Pause aufs Neue die Chance bot, sich die Beine zu brechen. Weiter hinten standen die erwähnten Bänke. Es waren insgesamt zehn Holzbänke mit Tischen, wie man sie von Autobahnrastplätzen kannte. Wahrscheinlich waren die Dinger wirklich vom Rastplatz. Immerhin musste die Stadt ja sparen.

Begrenzt wurde der Hof von der Außenmauer der Turnhalle, die aussah, als würde sie jeden Moment zusammenbrechen. Dort hinten, bei den Bänken, würde Titus also warten und seinen Bluff durchziehen. So war jedenfalls der Plan. *Alexander der Große* führte ihn nun also in die erste große Schlacht.

7

Die Nacht war die Hölle gewesen. Zweimal war Titus schweißgebadet aufgewacht und einmal geräuschvoll aus dem Bett gefallen. Jetzt war es halb sieben und die Deckenlampe brannte. Sein Vater hatte wie üblich kommentarlos die Tür geöffnet, schlaftrunken und suchend mit der flachen Hand gegen die Wand geklatscht, in der Hoffnung, den Lichtschalter zu treffen, und war dann wie ein betrunkener Zombie in die Küche getorkelt. Melanies Fluchen verriet, dass auch sie gerade geweckt worden war.

Waschen, anziehen, Tasche packen – alles kam Titus wie eine Ewigkeit vor. In der Küche lagen Brot und Marmelade schon bereit, dekoriert mit zwei nagelneuen Fünf-Euro-Scheinen, die darauf warteten, am Kiosk ausgegeben zu werden. Auf das Frühstück verzichtete Titus. Falls in der großen Pause etwas schiefging, sollten nicht Brot und Marmelade seine Henkersmahlzeit gewesen sein.

Ein kurzer Blick in das Wohnzimmer, wo Herr Henke mit dem Gesicht voran auf das große Sofa gefallen war, und los ging es. Melanie würde wie immer kurz vor knapp zur Bushaltestelle sprinten, dabei versuchen, Marmeladenbrot zu essen, und Musik aus ihrem Smartphone abspielen.

***

Die ersten beiden Schulstunden zogen sich wie Kaugummi. In der ersten saß die 8a mit unmotivierten Morgengesichtern im abgedunkelten Chemieraum und schaute ein Video auf einem Röhrenfernseher, der gefühlt mindestens einen der beiden Weltkriege erlebt haben musste. Herr Müller, der, wie die Schüler ihn nannten, *verpeilteste* Chemielehrer, zeigte das Video bereits zum dritten Mal in diesem Schuljahr und wurde auch nicht stutzig, als einige Schüler die Sprecherkommentare flüsternd mitsprachen. Und so sahen die fünfzehn Mädchen und dreizehn Jungs augenreibend dabei zu, wie ein Castorbehälter zum mindestens hundertsten Mal aus verschiedenen Höhen und Winkeln auf den Boden fallen gelassen wurde, aber nicht kaputtging. Quittiert wurde jeder Aufschlag mit einem jubelnden „Der Castor ist sicher" des Kommentators. Die ersten Male hatten die Schüler der 8a noch leise La-Ola-Wellen angestimmt und beim Aufschlag die Arme hochgerissen, während Herr Müller fasziniert zum Fernseher gestarrt und dem Castor in regelmäßigen Abständen zustimmend zugenickt hatte. Mittlerweile wünschten sich die meisten Schüler aber, selbst im Castor zu sitzen, damit das Elend endlich aufhörte.

Das erlösende Klingeln ertönte. Nur noch fünfzig Minuten bis zur großen Pause. Titus schnappte sich seinen Rucksack und huschte nervös aus dem Chemieraum. In der zweiten Stunde war Geschichte bei Frau Stangert angesagt. Arne Westhoff hielt ein Referat über Wilhelm II., wohl in der Hoffnung, doch noch irgendwie eine Vier im Zeugnis zu bekommen. Nachdem die ersten fünfundzwanzig Minuten dafür draufgegangen waren, den Laptop und den Beamer zum Laufen zu bringen, klickte sich Arne stammelnd durch die PowerPoint-Präsentation und las Textauszüge vor, die er wahrscheinlich aus *Wikipedia* geklaut und selber nicht verstanden hatte. Die Schüler der hinteren Reihen schnippten sich gegenseitig zerknüllte Papierkügelchen ins Genick, während Frau Stangert bemüht war, Arne zuzuhören und gleichzeitig unauffällig auf ihrem Handy herumzutippen, das sie unter ihrem Schreibblock versteckt hielt.

Titus' Nervosität steigerte sich, seine Hände waren nass und unter den Ärmeln seines grauen T-Shirts bildeten sich dunkle Flecken. Zum Glück saß er links außen, wenn auch in der mittleren Reihe.

Nach zwei Rückfragen, die Arne nicht beantworten konnte, und der üblichen Feedbackrunde, die zum größten Teil aus „Eigentlich fand ich alles gut, aber..."-Sätzen der Klassenkameraden bestand, läutete der Schulgong. Titus war wohl der Einzige, der sich darüber nicht freute. Für ihn klang das Geräusch wie der Beginn eines Boxkampfes, eines sehr ungleichen Boxkampfes, in welchem einer der Kontrahenten nur einen Bluff und keine Fäuste als Waffe einsetzen konnte.

Er musste sich beeilen, wollte er vor Matthias und Kevin hinten auf dem Schulhof sein.

***

Die Bänke waren hart und unbequem. Schade, dass er keinen Chefsessel hatte, dann hätte er sich wie ein Agentenbösewicht lässig im Stuhl umdrehen können, wenn seine Gegner kamen, so wie er es aus den alten James-Bond-Filmen kannte. Jetzt musste eine einfache Bank ausreichen. Außerdem sahen die Filmbösewichte immer entspannt und gleichzeitig bedrohlich aus und hatten meistens eine Katze auf dem Arm. Titus hasste Katzen und das Bedrohlichste, das in diesem Augenblick von ihm ausging, war der durch die Nervosität verursachte Schweißgeruch. Er überprüfte noch einmal, dass der Klingelton seines Smartphones auf volle Lautstärke eingestellt war, und vergewisserte sich mit einem Blick, dass Chris in den Startlöchern stand. Sein Freund wartete im überdachten und schlecht einsehbaren Fahrradstand neben dem Hauptgebäude und gab ihm mit einem Daumenhoch zu verstehen, dass alles bereit war. Plötzlich wurde aus dem Daumen ein Zeigefinger, der in Titus' Richtung zeigte. Zu spät begriff er, was Chris damit meinte.

„Ey, Henke!" Ein Blitz durchzuckte ihn und er fuhr herum. Das Adrenalin schoss durch seinen Körper und sein Herz schien ihm jeden Augenblick in den Kopf und dann durch die Schädeldecke zu schießen. Die beiden waren nicht vom Schulgebäude her gekommen, sondern von der Turnhalle, wo sie nach dem Sportunterricht offenbar ein kleines Raucherpäuschen eingelegt hatten.

Okay, ruhig bleiben. Du kriegst das hin. Ein lässiges Nicken.

Kevin hockte sich auf die nächstgelegene Bank circa zwei Meter von Titus entfernt. Und wie alle obercoolen Jungs setzte er sich auf die Tischplatte und stellte die Füße auf die Sitzfläche. Matthias blieb neben dem Tisch stehen und verschränkte die Arme, nachdem er vergeblich versucht hatte, sein linkes Bein entspannt auf die Bank zu stellen. Sein Gesichtsausdruck war schwer zu deuten.

„Wir haben was zu klären."

„Das denke ich auch." Sehr gut! Seine Stimme klang fest und sicher. Die Arme waren vor der Brust verschränkt, damit keiner die zitternden Hände oder Schweißflecken bemerkte.

„Dein Kumpel hat uns eine Nachricht geschickt." Schweigen. Was war los? Warum waren die beiden so wortkarg?

„Ja. Alex hat mir erzählt, dass er euch angeschrieben hat. Ich wusste davon gar nichts. Aber er ist halt ein echter Kumpel und beschützt seine Leute." War das zu provokant? Sollte er zurückrudern?

Ein kurzer Blick zwischen Matthias und Kevin. Was hatte das zu bedeuten?

„Wir haben keinen Schiss vor deinem Kumpel. Wir haben nur keinen Bock auf den ganzen Stress. Momentan ist schon genug los." Kapitulierten die beiden? Versuchten sie sich aus der Geschichte herauszuwinden, ohne ihr Gesicht zu verlieren?

„Ich habe auch keine Lust auf den ganzen Stress." Perfekt. Jetzt klang er tatsächlich so cool wie ein Filmbösewicht. Katze? Drehstuhl? Drauf gepfiffen! Er hatte jetzt das Ruder in der Hand. Titus sah erst Kevin und dann Matthias in die Augen. Beide wichen seinem Blick aus.

„Du kümmerst dich um deinen Scheiß und wir uns um unseren." War das eine Aussage oder eine Frage gewesen? Auf einmal wurde es Titus klar. Sie hatten Angst! Der Bluff hatte funktioniert! Die beiden überbrachten *Alexander dem Großen* ein Friedensangebot, das in Wirklichkeit eine Kapitulation war.

„Gut. Jeder kümmert sich um seinen Scheiß und ihr lasst mich in Ruhe. Und zwar für immer. Wenn ihr damit leben könnt, sage ich Alex, dass die Sache gegessen ist." Er setzte noch einen drauf. „Wäre mir sowieso lieber. Wenn Alex mal so richtig ausrastet, dann sollte man sich lieber verkrümeln. Liegt vielleicht an seinen Kampfeinsätzen."

Kevin räusperte sich beinahe verlegen. „Dann ist das geklärt. Jeder macht sein Ding und fertig."

„Ja, ich denke..." Weiter kam er nicht, denn ein lautes Bimmeln unterbrach ihn. Titus griff in seine Hosentasche und holte das Smartphone heraus. „Wenn man vom Teufel spricht!" Mit diesen Worten hielt er Kevin und Matthias das Display hin, welches ihnen ein allzu bekanntes Foto mit einem ebenso allzu bekannten Namen anzeigte. „Hi, Alex! Gutes Timing. Wir haben die Sache gerade geregelt."

Kevin hörte eine Stimme am anderen Ende der Leitung. Anscheinend redete Alex am laufenden Band. Genaueres konnte er nicht verstehen.

„Ja, geht klar, Alex." Gespieltes Nicken und Grinsen. „Ja, mach ich. Okay, ich bin heute um sechzehn Uhr bei dir." Titus ging voll in seiner Rolle auf. Wenn das nicht hollywoodreif war, was dann? Es kam immer auf die Details an und auf Raffinesse, das wusste er. Und dieses Telefonat zwischen Chris, der im Fahrradstand irgendwelchen Blödsinn ins Handy redete, und dem antwortenden Titus war oscarverdächtig.

Und sicherlich wäre auch alles gut gegangen und die Sache erledigt gewesen, wenn die beiden das Telefonat schnell beendet hätten, anstatt es zu übertreiben. Doch so forderte der Hochmut seinen Tribut und brachte eine tragische Wende in die Schlacht *Alexander des Großen*.

Just in dem Moment, in dem sich Matthias und Kevin umdrehten und anscheinend einfach gehen wollten, rutschte Titus das Smartphone aus der noch leicht zittrigen Hand. Zwar konnte er es rechtzeitig mit der anderen auffangen, doch kam er dabei auf das Display und betätigte den Lautsprecher. Und so konnten ein erstaunter Matthias, ein noch erstaunterer Kevin und ein blass werdender Titus mit anhören, wie jemand am anderen Ende der Leitung fröhlich und mit blecherner Stimme mehrmals ein „Matthias und Kevin stinken" sang und danach das Spongebob-Schwammkopf-Lied anstimmte. Wieder dröhnte das Herz bis an die Schädeldecke und die Hautporen strömten den Schweiß aus wie ein Tintenfisch seine Tinte.

Oh Gott! Chris, halt die Klappe, dachte er panisch. Warum hatten sie nicht vorher einen Text einstudiert? Warum war er auf diesen verdammten Lautsprecher gekommen? Warum hatte er es nicht einfach gut sein lassen, als der Sieg sicher war?

Zeit zum Nachdenken blieb nicht. Titus konnte gerade noch den Lautsprecher ausschalten, bevor seine Kontrahenten sich vor ihm aufbauten.

„Willst du uns verarschen?" Die Faust hob sich, schoss allerdings noch nicht los.

Jetzt war Improvisation gefragt, sonst war alles hin. Ihm kam eine Idee, wie er die Situation vielleicht noch retten konnte. Also, lässigen Blick aufsetzen und weiterspielen.

„Hey, Alex!", rief er ins Telefon. „Hör mal auf mit dem Mist. Sei nicht immer so albern. Warum bist du schon wieder so überdreht?" Er grinste nervös. „Jedenfalls habe ich das mit den Jungs geregelt."

Kevin und Matthias tauschten fragende Blicke aus. Die Faust senkte sich.

„Also gut, du Spinner, ich bin dann um sechzehn Uhr bei dir. Alles klar? Und hör auf mit dieser bescheuerten Singerei." Er legte mit einem gespielten Lachen auf. „Sorry, er ist zwar fast dreißig Jahre alt, aber manchmal noch ein Kind. Er provoziert gerne ein bisschen. Ihr stinkt natürlich nicht." Titus setzte sein überzeugendstes gespieltes Grinsen auf, auch wenn er glaubte, sich jeden Augenblick übergeben zu müssen.

„Und das sollen wir dir glauben?" Matthias funkelte wütend und kam ganz dicht an ihn heran.

„Besser wäre es für euch und eure Gesundheit." Die Worte gingen ihm erstaunlich leicht von den Lippen.

„Keine Ahnung, was du hier treibst, Henke, aber wenn du uns verarschst, bist du erledigt."

„Und wenn ihr mich anrührt, seid *ihr* erledigt."

Kevin spuckte neben sich auf den Boden. Was sollten sie tun? Riskieren, von diesem Wicht reingelegt zu werden, oder riskieren, von diesem Alex verkloppt zu werden? Sie würden es darauf ankommen lassen. Sie hatten sich am vorherigen Abend noch zwei Stunden den Kopf über die Nachricht zerbrochen. „Mal ernsthaft. Wieso ist jemand wie dieser Typ mit einem wie Titus befreundet?" Eine Antwort hatten beide nicht parat gehabt. „Der Kerl ist fünfzehn Jahre älter und kommt nicht mal von hier."

„Ja", hatte Matthias zugestimmt, „und außerdem hat der nur einen einzigen Freund bei Spacebook. Nur diesen Fettsack. Da stimmt doch was nicht."

„Aber echt. So einer hat normalerweise Tausende Freunde."

„Morgen klären wir das."

Und nun war es Zeit, das zu klären, fand Kevin. „Pass gut auf. Am Montag um fünfzehn Uhr treffen wir uns hinter der Turnhalle an dem alten Baum. Da sieht uns keiner. Und du bringst diesen Alex mit. Wenn er tatsächlich auftaucht und so ein Tier ist, wie du behauptest, dann entschuldigen wir uns und lassen dich in Ruhe." Er hob die flache Hand zu einem Schwur. „Ehrenwort! Wenn du am Montag ohne diesen Kerl oder gar nicht auftauchst, machen wir dich platt."

„Und zwar richtig!", ergänzte sein Prügelkumpane und ließ die Faust in die hohle Hand knallen.

Übelkeit, Panik, Kreislaufprobleme – sie alle konnten ein lässiges „Alles klar!" nicht unterdrücken. Mit dem Mut der Verzweifelten verschränkte Titus die Arme vor der Brust. „Montag, fünfzehn Uhr. Hinten am alten Baum. Dann werdet ihr schon sehen." Das war es. Sie ließen Titus alleine, welcher sich fühlte, als sei er gerade einen Marathon gelaufen. Er sah ihnen eine Weile hinterher und blickte sich schließlich erschöpft um. Erst jetzt bemerkte er den Lärm der vielen Schüler auf dem Schulhof, die rennend und kreischend tollten, Fangen spielten, herumlungerten oder sich mit Steinchen bewarfen.

Er hatte den Sieg schon vor Augen gehabt. Und jetzt hatte er weder den Krieg noch die Schlacht gewonnen. Er war ein Feldheer ohne Armee, ein Kämpfer ohne Waffe. Und seine Schonfrist ging nur noch bis Montagnachmittag. Es blieben weniger als achtundsiebzig Stunden, bis *Alexander der Große* sein Reich verlieren und für immer in der Dunkelheit verschwinden würde. Und mit ihm sein Erster Offizier.

„Wie ist es gelaufen?" Chris joggte gespannt heran und blickte neugierig auf das Häufchen Elend, das zusammengekauert auf der Bank saß. „Oh, haben sie es nicht geglaubt?"

Keine Antwort.

„Hey!" Sanftes Rütteln an der Schulter. Es war, als wäre Titus in eine Art Trance gefallen. Langsam klärte sich sein Blick und er konnte wieder einen geordneten Gedanken fassen.

„Es hätte fast geklappt. Es war so knapp. Aber mein Übermut, mein Lautsprecher und dein scheiß Gesang haben es versaut."

Chris sah erschrocken und überrascht auf seinen Freund, dessen Unterlippe zu beben begann.

„Tut mir leid. Ich wollte dich nicht anschnauzen. Es ist meine Schuld, nicht deine. Ich habe es verbockt." Titus berichtete, während Chris schuldbewusst seinen Arm um ihn legte.

„Kacke! Das wollte ich echt nicht. Mir fiel nichts mehr ein, was ich hätte sagen können, und ich dachte, die hören eh kaum was. Es sollte ja nur so wirken, als ob da einer mit dir redet."

„Du kannst nichts dafür. Ehrlich." Titus hörte seine Worte wie durch Watte und wischte sich eine einzelne Träne aus dem Augenwinkel. „Was soll ich denn jetzt machen?"

Der Schulgong ertönte und leitete das Ende der Pause ein. Die Fünft- und Sechstklässler sprinteten in Richtung ihrer Klassenzimmer, um ja nicht zu spät zu kommen, während die meisten Mittel- und Oberstufenschüler nicht daran dachten, sich vor dem zweiten Klingeln zu bewegen.

„Wir reden später. Keine Angst. Wir finden eine Lösung. Wir treffen uns heute Nachmittag bei mir. Einverstanden?"

„Um sechzehn Uhr muss ich aber bei Alex sein", scherzte Titus mit weinerlicher Stimme. Das Lachen verschaffte beiden Erleichterung.

„Der wird dir das schon verzeihen, wenn du ihm absagst. Also, fünfzehn Uhr bei mir?"

Nicken.

„Super. Ich schreibe Clara gleich eine Nachricht, damit sie auch kommt - wenn das für dich in Ordnung ist."

Wieder Nicken.

„Komm schon, es hat geklingelt. Mach dir nicht zu viele Gedanken. Wir finden eine Lösung. Immerhin hat der Plan ja zur Hälfte funktioniert. Du hast keine aufs Maul bekommen." Ein kurzes Lächeln, dann erhob sich Titus und atmete tief durch.

Gemeinsam trotteten sie in Richtung Schulgebäude, durch dessen Haupteingang sich zuvor zahlreiche, übermotivierte Zwerge gequetscht hatten.

Titus ging bereits in die achte Klasse, doch noch nie hatte er einen Schultag erlebt, der sich so lange hinzog wie dieser. Und eines war ihm klar: das Gleiche würde für das Wochenende gelten, wenn er zu Hause sitzen und auf sein Schicksal warten würde. Wie sehr er sich doch irren sollte.

„Denk dran, dein Handy wieder auszuschalten, bevor die Stunde beginnt. Nicht, dass das Mistding dich heute noch ein zweites Mal ins Unglück stürzt."

8

„Oh Mann!" Clara kniff sich mit Daumen und Zeigefinger in die Nasenwurzel. „Ihr seid manchmal echte Trottel. Warum musstet ihr noch einen draufsetzen? Wieso bist du noch ans Handy gegangen, obwohl die Sache schon geklärt war?"

„Mit Vorwürfen kommen wir jetzt echt nicht weiter", zischte Chris verärgert zwischen den Zähnen hindurch. „Lasst uns überlegen, was wir jetzt machen."

„Welche Optionen habe ich denn? Am Montag gehe ich da hin, die beiden merken, dass Alex ein Hirngespinst ist, und dann gibt es Dresche."

„Nein, es muss eine andere Lösung geben." Clara legte wieder beruhigend ihre Hand auf Titus' Knie. Dieses Mal fühlte es sich nicht so verwirrend an. Ein warmes, schönes Gefühl durchströmte ihn, auch wenn ihm das in diesem Augenblick unangemessen erschien.

Sie saßen in Chris' Zimmer, das vielmehr einem Star-Wars-Museum glich als einem Jugendzimmer. In drei Vitrinen waren Actionfiguren aller Filmcharaktere ausgestellt. Die meisten waren noch in der Originalverpackung. Unter Sammlern, so hatte Chris einmal erklärt, sei es eine Todsünde, die seltenen Figuren aus ihrer Verpackung zu nehmen. Das sei ungefähr so, als benutze man die *Mona Lisa* als Einkaufszettel.

Den Boden zierte ein riesiger Teppich, auf dem der Todesstern abgedruckt war. Schreibtisch, Stühle, Bett und Schränke waren in futuristischem Design gehalten und selbst die Bettwäsche zeigte Motive aus der alten und der neuen Trilogie.

Chris lebte mit seinen Eltern und seinem Bruder Max in einer riesigen Eigentumswohnung in einem Achtparteienhaus. Die Wohnung lag ihm vierten Stock, war sehr modern und hatte einen Zugang zu einer grün bepflanzten Dachterrasse, von der Max manchmal stundenlang runterspuckte, in der Hoffnung, Passanten zu treffen.

In jedem Zimmer hingen sündhaft teure Bilder. Auf die meisten hatte der Künstler maximal fünf Striche gemalt. Andere wiederum sahen aus, als hätte jemand einen Standmixer ohne Deckel auf eine Leinwand gerichtet und mit voller Umdrehungszahl rotes, grünes und gelbes Gemüse geschreddert. Für so etwas zahlte man dann vier-, fünf- oder sechsstellige Beträge. Chris' Mutter hatte kein Verständnis für die Kunstverliebtheit ihres Gatten. „Die Bilder könnte dir jedes Kindergartenkind malen. Und zwar umsonst", hatte Frau Küster einmal zu ihrem Mann gesagt, als dieser mit einem blau-grün gesprenkelten Bild vom Kunsthändler nach Hause gekommen war. Der Titel lautete *Kollektive Desillusionierung einer postmodernen Gesellschaft.*

Herr Küster hatte dagegengehalten, dass ein Kindergartenkind wohl kaum in der Lage sei, Emotionen und abstrakte Materie adäquat in ihrer ganzen Komplexität zu erfassen und auf einer Leinwand zu konservieren. Danach hatte er drei Tage lang die Komplexität der Wut seiner Ehefrau erfassen dürfen.

Mittlerweile hatte sich die Familie an Herrn Küsters Kunstsammeltick gewöhnt. Und so hingen in jedem Raum Gemälde, die mit Strichen und Klecksen die *Insuffizienz der menschlichen Gemeinschaft*, die *Seelenlosigkeit kapitalistischer Gesellschaften* und die *Verstörtheit des Menschen in einer Welt der Orientierungslosigkeit* zeigten. Und auch wenn Chris und seine Mutter kein Wort davon verstanden, und Herr Küster wahrscheinlich auch nicht, verliehen sie den hellen Altbauräumen doch ein angenehmes und stilvolles Ambiente.

Gegenüber dem Haus, in welchem die Küsters wohnten, lag ein weitläufiger Park, in dem es zu dieser Jahreszeit von Joggern, Hunden, halbnackten Sonnenbadenden und einigen alten Männern wimmelte, die immer wieder *zufällig* an den Sonnenbadenden vorbeiliefen. Dort verbrachten die Küsters gerne ihre Sonntagnachmittage und picknickten.

„Mir platzt gleich der Schädel." Chris wedelte sich mit einem Star-Wars-Comic Luft zu. „Lasst uns auf die Terrasse gehen. Da ist es chilliger."

Lange brauchte er seine Freunde nicht zu bitten an diesem warmen Tag. Und so saßen sie fünf Minuten später mit Eistee bewaffnet in den gemütlichen Lounge-Möbeln auf der Dachterrasse. Die vielen grünen Pflanzen, die rings um die Brüstung der Terrasse verliefen, wirkten beruhigend. Ein riesiges weißes Sonnensegel spendete Schatten und aus dem Radio tönte Jazzmusik. Eigentlich mochte Chris keinen Jazz, aber irgendwie fühlte er sich dadurch erwachsener. Sein Vater saß oft hier oben und hörte *Miles Davis* oder *Benny Goodman*, während er am Laptop irgendwelchen Statistik- und Tabellenkram für das Büro erledigte.

„Ach Leute! Vielleicht sollte ich nächste Woche erst mal krank machen und hoffen, dass Matthias und Kevin die Sache auf sich beruhen lassen." Titus lehnte sich in seinem *Loungechair* zurück, welcher besorgniserregend ächzte.

„Nicht dein Ernst, oder? Die beiden werden gar nichts auf sich beruhen lassen." Chris trank einen großen Schluck seines Eistees und kühlte seine Stirn mit dem Glas.

„Ich weiß. Also, gibt es nur die Option, ein paar auf die Schnauze zu bekommen."

„Nur, wenn du ohne Alex auftauchst."

Beide sahen Clara fragend an. Sie spielte gedankenverloren mit dem Saum ihres schwarzen Spaghettitops und starrte in den Himmel.

„Wie denn sonst? Es gibt keinen Alex, du Schlafmütze." Chris sagte es, als redete er mit einem Kind.

„Doch, den gibt es. Zumindest online. Jetzt brauchen wir ihn noch offline."

Schon wieder ratlose Blicke. Mein Gott waren Jungs manchmal begriffsstutzig, schoss es ihr in den Kopf.

„Wir brauchen einen echten Alex, ihr Knallköppe."

„Ach so!"

„Na klar!"

Die beiden hatten es garantiert immer noch nicht verstanden. Clara erklärte es ihnen: „Die einzige Möglichkeit, dich heil aus der Sache rauszukriegen, ist, jemanden zu finden, der sich als Alex ausgibt, am Montag mit dir in der Schule auftaucht und die beiden ordentlich zusammenstaucht. Natürlich jemand, der auch Eindruck macht und deinem Fake-Alex halbwegs ähnlich sieht."

„Warte, warte!" Chris hob grinsend die Hände. „Du willst, dass wir einen Typen engagieren, der Alex spielt und die beiden Hirnis am Montag erschreckt, damit sie Titus nicht vermöbeln? Das klingt wie ein grottenschlechter Hollywoodfilm."

„Mag sein. Wenn dir was Besseres einfällt, raus damit. Außerdem können wir noch niemanden engagieren, weil wir noch niemanden haben, du Blitzmerker."

„Ja, und wir werden auch am Montag niemanden haben, du Blitzmerkerin. Oder kennst du jemanden?"

„Nein, zufällig habe ich keine durchgedrehten, muskelbe-packten, tätowierten und kampferprobten Klischee-Prole-ten in meiner Familie", schnippte sie zurück.

Titus wurde rot und auch ein bisschen verärgert. Immerhin war der *durchgedrehte, muskelbepackte, tätowierte und kampferprobte Klischee-Prolet* seine Kreation. Und streng genommen war Alex ja er selbst – na ja, sein optimiertes Selbst.

„Und im Freundeskreis?" Chris spielte mit dem Feuer, doch Clara reagierte nicht.

„Keiner von uns kennt solche Leute. Es ist echt supernett, dass ihr mir helft, aber wir sollten aufgeben. Es hat keinen

Sinn. Die Sache ist gelaufen und am Montag kommt die Abrechnung. Ich denke, wenn sie mit mir abgerechnet haben, werden mich die beiden in Ruhe lassen. Zumindest, wenn ich ihnen immer aus dem Weg gehe."

„Das glaubst du doch selbst nicht."

Das stimmte. Titus wusste, dass das nur ein Wunschtraum war.

„Nein, wir werden jetzt unseren Arsch hochkriegen und uns einen Alex besorgen. Mit unserem Verstand und meinem Charme", Clara grinste die Jungs frech an, „werden wir das hinkriegen."

„Du meinst…?", begann Titus.

„Jawoll, wir werden das ganze Wochenende nach einem Alex suchen."

„Hier im Kaff, oder was?" Chris machte eine ausholende Geste in Richtung Park.

„Nein, Chris, wir fahren in die Stadt. Hier werden wir wohl kaum die Sorte Kerle finden, die so eine Rolle spielen könnte."

Titus traute seinen Ohren nicht. Um ein Haar wäre ihm sein Eisteeglas aus der Hand gefallen. „In die Stadt? Das ganze Wochenende? Das sind vierzig Kilometer."

„Und?"

„Wie kommen wir da hin?" Titus zeigte mit dem Finger auf Chris. „Und nein! Wir werden nicht mit dem Fahrrad fahren."

„Mit dem Bus, meine Herren. Dauert knapp zwei Stunden und schon sind wir da. Ich weiß das, weil ich meine Oma alle paar Monate in der Altstadt besuche."

„Zwei Stunden für vierzig Kilometer?" Chris blickte sie ungläubig an.

„Ja, der Bus hält in so ziemlich jedem kleinen Dorf, das unterwegs in der Nähe liegt."

„Und was sagen wir unseren Eltern?" Titus war sichtlich nervös.

„Am besten sagen wir ihnen, dass wir alleine durch die Stadt streifen und einen wildfremden Menschen engagieren wollen, der uns dabei helfen soll, zwei Jungs aus der Schule zu erschrecken."

Verwirrte Blicke der Burschen.

„Mann! Das war ein Scherz." Sie lachte versöhnlich. Anscheinend verstanden noch nicht alle Jungs in dem Alter zynische Bemerkungen. „Seid doch mal kreativ, ihr Pfeifen. Wir sagen ihnen, dass wir uns das Wochenende über die Stadt anschauen wollen - Kultur und so. Und abends schlafen wir dann bei meiner Oma. Damit haben wir den Samstag und den halben Sonntag, um jemanden zu finden.

Sonntagnachmittag fahren wir wieder zurück. Was haltet ihr davon?"

„Das könnte klappen." Selbst Titus wurde jetzt zunehmend optimistischer. „Aber was können wir unserem Alex bieten, damit er das für uns macht? Was sollen wir dem denn erzählen?"

„Die Wahrheit!" Claras strenger Blick wanderte vom einen zum anderen. „Dieses Mal wird nicht gelogen und nicht geblufft. Nur deswegen sind wir ja jetzt in diesem Schlamassel."

Titus beruhigte die Solidarität und Zusammengehörigkeit, die in dem Wörtchen *wir* steckten. „Aber selbst wenn wir das tun, wer würde denn den weiten Weg in Kauf nehmen, ohne etwas dafür zu bekommen?"

„Wie viel können wir bis morgen zusammenkratzen?"

„Ihr wollt...", begann Titus, doch er wurde schnell unterbrochen.

„Geliehen, nicht geschenkt. Wir sind ja nicht Krösus." Dabei gab sie ihm einen freundschaftlichen Klaps auf die Schulter. „Ich habe knapp dreißig Euro in meinem Sparschwein. Wie viel habt ihr?"

Insgesamt kamen sie auf rund neunzig Euro, wobei sie sich einig waren, das Geld nur im Notfall einzusetzen. Schließlich musste man dem *echten* Alex ja nicht gleich auf die Nase binden, dass sie einen Notgroschen dabei hatten.

„Jawoll! So machen wir's. Das wird bestimmt spannend." Chris sprang auf und klatschte seine Freunde lässig ab. Abrupt hielt er inne. „Moment, aber die beiden wissen doch aus dem Internet, wie Alex aussieht."

Titus sah erschrocken auf. „Ich muss das Foto sofort rausnehmen." Er zog sein Smartphone aus der Tasche. „Ich glaube nicht, dass Matthias und Kevin das Foto auf ihren Computern abgespeichert haben. Warum sollten sie auch?" Hektisches Tippen auf dem Display. „Ich meine, auf Fotos sieht man eh immer anders aus als in echt. Wenn das Bild nicht mehr online ist, werden die beiden sich bis Montag nicht mehr so genau an das Bild erinnern können, oder?" Er warf einen Hilfe suchenden Blick in Richtung seiner Freunde.

„Sehe ich auch so", ermunterte ihn Clara nickend.

„Meint ihr nicht, dass Matthias und Kevin sich wundern werden, dass das Foto ausgerechnet heute aus dem Netz genommen worden ist? Kommt dann nicht erst recht der Verdacht auf, dass Alex gar nicht existiert?", überlegte Chris.

„Das Risiko müssen wir eingehen. Es gibt keine andere Wahl." Egal wie hoffnungslos die Situation war, Titus wollte nichts unversucht lassen. Seine Freunde hatten ihm neuen Mut gegeben, wenn auch nur den Mut der Verzweifelten. Mit drei Offizieren an der Spitze hatte *Alexander der Große* nun doch noch eine kleine Chance, den Krieg zu gewinnen.

„So, das Bild ist gelöscht."

Chris zeigte ein Daumenhoch. „Lade wenigstens noch ein anderes hoch, damit es nicht so auffällt."

„Gut, aber was für eines?"

„Ist wurscht. Vielleicht ein Fußballlogo."

„Oder ein Naturbild", warf Clara ein. Die Blicke der Jungs sprachen Bände. „Na gut, dann halt euer dämliches Fußballlogo."

Gesagt, getan: Alex' Profilbild zeigte nun das Logo einer Berliner Fußballmannschaft. Weg war das markante Männergesicht mit dem durchdringenden Blick - vom Platz gefegt durch einen Verein aus der zweiten Fußballbundesliga.

„Gut, meine Herren, wann wollen wir morgen starten?"

Man einigte sich auf sieben Uhr. Viel zu früh, wie die Jungs nörgelnd bemerkten, doch auch ihnen war klar, dass sie so oder so schon unter Zeitdruck standen. Als Treffpunkt wurde der Omnibusbahnhof ausgesucht, von wo aus die Busse in alle möglichen Richtungen fuhren.

„Ich werde meine Mutter direkt fragen, wenn wir reingehen. Ihr beiden fragt, sobald ihr zu Hause seid. Und du, Clara, rufst bitte sofort danach deine Oma an und klärst alles ab. Am besten schreiben wir uns heute Abend, ob alles wie besprochen klappt." Zustimmendes Nicken.

„Und jetzt kommen wir zum angenehmen Teil." Grinsend holte Chris einen kleinen Hacky-Sack aus der Tasche. Die drei verteilten sich auf der Terrasse und versuchten mit teils unbeholfenen Bewegungen, sich den Ball zuzupassen. Es war ein Riesenspaß. Selbst Titus amüsierte sich über seine steifen Kicks, die den Ball unkontrolliert in der Gegend rumfliegen ließen. Claras Pässe waren dagegen gar nicht schlecht; zumindest „für eine Frau", wie Chris feststellte. Allmählich wurde ihnen warm, während sie den kleinen Häkelsack in der Nachmittagshitze auf der Terrasse hin- und herkickten. Vor allem Chris, der immer wieder Titus' missglücktes Anspiel ausbügeln musste, geriet heftig ins Schwitzen. Zehn Minuten spielten sie vergnügt und vergaßen die Sorgen und Widrigkeiten des Alltags, bis Titus einen hohen Ball von Clara zugespielt bekam. Mit einer ungeschickten Hüftbewegung donnerte er den Ball davon. Der anfängliche Stolz darüber, den Sack getroffen zu haben, wich der Erkenntnis, dass das Ziel der Reise die Balustrade der Terrasse war, auf welcher zahlreiche dichtgewachsene Pflanzen standen, die den Blick hinunter zur Straße versperrten. Mit einem raschelnden Geräusch verschluckten ein paar der empfindlichen Königsfarne den Hacky-Sack.

„Saubere Leistung", spottete Chris und joggte in Richtung der hüfthohen Terrassenmauer. „Vielleicht steckt er in den Pflanzen."

Tatsächlich hatten die dichten Gewächse den Ball gestoppt. „Glück gehabt, Titus, du musst nicht runter zur Straße und ihn holen." Während er in dem Grünzeug herumwühlte, um sein Spielzeug zu befreien, sah er zwischen den Farnen hindurch runter zum Park und erstarrte zu Stein.

„Was ist los?" Obwohl er mit dem Rücken zu ihnen stand, bemerkte Clara sofort, dass etwas nicht stimmte.

„Kommt mal her." Er flüsterte es beinahe. „Aber versteckt euch hinter den Pflanzen."

Sie kamen näher heran und spähten wie gut getarnte Scharfschützen durch das grüne Gewirr in die Richtung, die ihnen ihr Freund mit dem Finger wies.

„Wer sind die?" Clara kniff die Augen zusammen, um die beiden Jungen besser erkennen zu können, die am Parkrand rauchend auf der Rückenlehne einer Sitzbank hockten. Sie wurden halb verdeckt von den tief hängenden, länglichen Blättern und Blüten zweier gigantischer Trauerweiden, die dunkle Schatten warfen. Ihre Mountainbikes hatten sie einfach auf den Rasen geworfen.

„Das sind Matthias und Kevin." Titus wurde kreidebleich. „Die verfolgen mich." Er klang fiepsig wie ein verängstigter Hamster.

„Sie beobachten das Haus", stellte Clara fest. „Offenbar wollen die beiden auf Nummer sicher gehen, dass Alex wirklich existiert und du ihn heute tatsächlich besuchst."

„Mist!" Was hatte ihn nur geritten, sich am Handy den Schwachsinn mit dem Treffen um sechzehn Uhr auszudenken? Eigentlich war es ja Chris' Idee gewesen, von wegen Glaubhaftigkeit und so. Es hatte die Sache nicht glaubhafter, sondern nur gefährlicher gemacht.

„Haben sie uns gesehen?", fragte Clara.

„Nein", antwortete Chris. „Sie gucken zur Haustür, nicht zu uns hoch. Immerhin scheinen die beiden echt Schiss zu haben, dass es Alex doch gibt, sonst hätten sie einfach bis Montag gewartet, anstatt den halben Nachmittag das Haus zu beobachten."

„Ja, großartig. Aber wenn Alex hier nicht wohnt, können sie auch keinen Alex zu Gesicht bekommen, Schlaumeier."

„Ja, liebes Claraleinchen", er wusste, dass sie es hasste, so genannt zu werden, „aber es wirkt einfach glaubhafter, wenn sich Alex und Titus regelmäßig treffen. Wir hatten das vorher doch so besprochen."

„Wenn du beim Pokern beschissene Karten hast, kannst du hundert Mal bluffen und den Einsatz erhöhen, trotzdem hast du beim Aufdecken immer noch beschissene Karten - egal wie brillant du deine Rolle spielst."

„Hört auf zu streiten. Bitte!" Titus atmete schwer.

„Eigentlich kann dir doch gar nichts passieren, wenn du einfach aus der Haustür gehst und auf dein Fahrrad steigst. Woher sollen die wissen, dass du dich nicht schon im Haus von Alex verabschiedet hast?" Chris sah fragend auf seine Freunde.

„Und wenn sie die Klingelschilder lesen? Denen wird auffallen, dass da kein *Stahl* steht."

„Dann hat er es einfach noch nicht geschafft, seinen Namen an der Klingel anzubringen, weil er frisch eingezogen ist. Im ersten Stock steht gerade eine Wohnung leer. Auf dem Klingelschild der Wohnung steht kein Name. Das könnte doch seines sein."

Clara dachte angestrengt nach. „Nee, das überzeugt mich nicht. Wissen die da unten, dass *du* hier wohnst?"

„Nein, das glaube ich nicht. Ich hab ja nichts mit denen zu tun."

„Und gibt es jemanden im Haus, der einen kleinen Spaß versteht und uns helfen würde?" Anscheinend war Clara etwas eingefallen. Sie grinste beinahe.

„Wir haben keinen im Haus, der aussieht wie Alex."

„Das meine ich auch nicht. Wir brauchen nur jemanden, der eine kleine Rolle für uns spielt."

Sofort schoss Chris seine Mutter in den Kopf. Allerdings würde sie zu viele Fragen stellen und am Ende würde er sich dann doch verplappern. Wenn es darum ging, Geheimnisse herauszubekommen, war Frau Küster besser als Sherlock Holmes. Sein Vater fiel auch weg, da er immer erst gegen achtzehn Uhr nach Hause kam. Ein Blick auf die Uhr verriet, dass es erst Viertel nach fünf war.

Er überlegte weiter. Die Sterns waren im Urlaub, Frau Schröder von nebenan war ungefähr zweihundert Jahre alt, die Meleks sprachen kaum Deutsch, die Kleijns kannte er nicht und die Hesslers konnte er auf den Tod nicht ausstehen, weil sie die unsympathischsten Menschen auf der Welt waren. Da blieb nur noch der verrückte Hausmeister.

Herr Brandt war ein kleiner, untersetzter Mann, der im Erdgeschoss wohnte und den halben Tag durch das Gebäude schlich, um hie und da den neuesten Klatsch und Tratsch aufzuschnappen. Er war ein sonderbarer, aber freundlicher Mensch, der immer in Sandalen und kurzen, fleckigen Hosen herumlief. Er mochte die Küsters, weil Chris' Mutter ihm zu allen wichtigen Feiertagen einen Kuchen runterbrachte. Herr Brandt war überzeugter Junggeselle, das behauptete er jedenfalls immer wieder. Vielleicht lag es aber auch an seinem schmalzigen Blick oder dem quer über die Halbglatze gekämmten Haarbüschel, dass er keine Frau hatte. Zumindest seine Wohnung, die einer Studenten-WG glich, bewies, dass er in der Rolle des ewigen Junggesellen voll und ganz aufging.

„Wir könnten beim Hausmeister klingeln. Der ist eh nicht ganz dicht. Aber was hast du vor?"

„Lasst uns zu ihm gehen. Ich erkläre euch alles auf dem Weg nach unten."

Fünf Minuten später öffnete ihnen ein überraschter Hausmeister die Wohnungstür, durch welche ein muffiger Geruch in den Hausflur strömte.

„Hallo, Herr Brandt, wir bräuchten dringend Ihre Hilfe."

***

„Ey, er kommt." Matthias stieß Kevin mit dem Ellenbogen in die Seite und hob das Kinn in Richtung Haus.

Sie sahen zu, wie Titus die Tür hinter sich zufallen ließ, sein Fahrrad aufschloss und sich auf den Drahtesel schwang.

Titus kostete es dagegen große Anstrengung, nicht zu den beiden Jungs hinüberzusehen, die nur etwa dreißig Meter entfernt am Parkrand saßen und glaubten, durch den Schatten der Bäume, ihre Sonnenbrillen und ihre tief heruntergezogenen Baseballmützen nicht erkannt werden zu können.

Hoffentlich klappte dieses Mal alles, hoffentlich war Herr Brandt bereit. Titus tat so, als wollte er losradeln, als ein kleiner Mann mit Halbglatze und Feinrippunterhemd eines der Erdgeschossfenster öffnete.

„Hey, Titus."

„Ja?"

„Dein Freund Alex hat gerade angerufen, weil er dich über dein Handy nicht erreichen kann und sich gedacht hat, dass du bei mir bist. Er fragt, wo du bleibst. Ihr wart um sechzehn Uhr verabredet."

„Ach Mist!" Titus' gespielte Frustration klang wirklich überzeugend. „Das hab ich total vergessen. Sagen Sie ihm bitte, dass ich es heute nicht mehr schaffe. Ich rufe ihn nachher zurück."

„Alles klar, richte ich ihm aus. Bis dann."

„Ciao, bis bald." Mit diesen Worten trat er in die Pedale seines roten, quietschenden Fahrrades und verschwand um die Hausecke.

Herr Brandt hatte seine Rolle perfekt gespielt und alles, was es gekostet hatte, war ein Versprechen Claras, dass Chris am übernächsten Wochenende den Rasen für ihn mähen würde. So waren alle zufrieden gewesen, bis auf Chris, der sich fest vorgenommen hatte, Titus am übernächsten Wochenende zu sich nach Hause einzuladen und ihn hinter den Rasenmäher des Hausmeisters zu spannen.

„Scheiße!" Kevin spuckte auf den Boden und sprang von der Parkbank auf. „Die Warterei hätten wir uns schenken können."

„Und was machen wir jetzt? Verfolgen wir ihn weiter?"

„Nee, das bringt nichts. Lass uns zu mir fahren und 'ne Runde zocken."

„Dann gibt es diesen Alex also wohl doch." Matthias versuchte, nicht nervös zu klingen.

„Scheint so." Auch Kevin konnte seine Nervosität dieses Mal nicht mit Coolness überspielen. „Am Montag wird sich alles klären. Vielleicht ist der Typ ja gar nicht so 'ne harte Sau und markiert nur im Internet den Macker."

Hoffentlich hast du recht, dachte Matthias.

9

Um sieben Uhr früh stand eine leicht genervte Clara Krohn am Kiosk des Busbahnhofs und hielt Ausschau nach den Jungs, von denen noch weit und breit keiner zu sehen war. Es war ein kühler Morgen, auch wenn vereinzelt Sonnenstrahlen durch die nebligweiße Wolkendecke drangen. Bis auf eine kleine Frau mit Pudel, einen Mann in Malerkleidung und den Kioskverkäufer war der Busbahnhof noch menschenleer.

Während sie ihren zweiten Kakao trank und kurz davor war, den Bengeln per Handy die Hölle heißzumachen, trudelten die beiden pünktlich zehn Minuten zu spät ein.

„Tschuldige, Clara." Chris keuchte, als sei er wie ein Irrer mit dem Rad gerast. „Meine Eltern haben mich wahnsinnig gemacht."

Die Küsters waren begeistert von der Idee ihres Sohnes gewesen, am Wochenende die Stadt mit seinen Freunden zu erkunden. Im gleichen Atemzug hatte seine Mutter allerdings angefangen, Allergietabletten, Mückenspray, Zeckenspray, Sonnenmilch, After-Sun-Creme und andere Dinge einzupacken, die man allesamt nicht brauchte, wenn man in eine Stadt fuhr und für das Wochenende maximal achtzehn Grad und überwiegend bewölkter Himmel gemeldet waren.

„Mein Vater hat mir bis kurz vor sieben eine Predigt gehalten, worauf ich alles achten muss und welche Gefahren in einer Stadt lauern."

„Und was ist *deine* Ausrede?" Ein gespielt strenger Blick traf Titus.

„Ähm!" Sollte er ihr jetzt erzählen, dass er bis kurz vor sieben in aller Seelenruhe gefrühstückt und vier Spiegeleier verdrückt hatte? „Sowas Ähnliches." Seine Eltern waren nicht weniger begeistert von dem Wochenendtrip gewesen als die Küsters, auch wenn Frau Henke extrem um ihren Sohn besorgt war, der nun alleine in der großen Stadt klarkommen müsste.

„Ach Quatsch!", hatte Herr Henke eingeworfen. „Das ist genau das, was der Bengel braucht. In dem Alter hab ich auch regelmäßig mit meiner Truppe die Straßen unsicher gemacht. Das waren aber noch andere Zeiten. Da konnte man noch für fünf Mark die Korken knallen lassen. Heutzutage ist das...", mit diesen Worten hatte Frau Henke ihr Gehör auf Durchzug gestellt und war dazu übergegangen, ihrem Mann in regelmäßigen Abständen wie ein Wackeldackel zustimmend zuzunicken.

Clara schaute auf den Fahrplan. „Der Bus fährt um zwanzig nach sieben dort vorne ab. Dann bleiben uns noch knapp zehn Minuten."

„Oh super." Titus schoss wie ein geölter Blitz in den Kiosk und kam nach zwei Minuten mit einer Armeeladung Chips, Brezeln und Schokoriegeln wieder heraus.

„Wir fahren nur zwei Stunden, nicht zwei Tage. Außerdem hat meine Oma eine Küche und Lebensmittel zu Hause."

„Sicher ist sicher. Lass mal was rüberwachsen." Chris grinste und hielt Titus auffordernd die offene Hand hin, was mit einem Schokoriegel belohnt wurde.

Oh Gott, ein Wochenende mit diesen Chaoten. Das konnte ja heiter werden. Claras Mutter hatte sich gefreut, dass ihre Tochter die Oma besuchte und Freunde mitnahm. Ihr Vater, ein glatzköpfiger, bulliger Mann mit großem Schnauzer, hatte sie mit den Worten „Es versteht sich ja wohl von selbst, dass die Jungs und du in getrennten Zimmer schlafen" am Frühstückstisch begrüßt. Frau Krohn hatte daraufhin ihr vorwurfsvolles „Herbert!" gezischt, woraufhin dieser sich wiederum hinter seiner Zeitung vergraben hatte. Clara liebte ihren Vater, auch wenn er ständig in Sorge war, sie könne sich eines Tages in den Falschen verlieben. Sein Angebot, die drei mit dem Auto zur Oma zu fahren, hatte sie dankend abgelehnt, weil sie wusste, worin der Grund des Angebots bestand. „Ich will mir die Knaben ja nur mal angucken", hatte Herr Krohn schmollend in seinen Bart genuschelt.

„Das Einzige, was du dir heute anguckst, ist die kaputte Spüle, du Möchtegern-Leibwächter." Das letzte Wort hatte immer Frau Krohn und insgeheim genoss ihr Mann das.

Der Bus kam wie immer fünf Minuten zu spät. Inzwischen hatte sich eine kleine Menschentraube an ihrer Haltestelle gebildet. Nachdem Clara und Chris den leicht nervösen Titus davon überzeugt hatten, dass der kurzhaarige, kräftig gebaute Busfahrer an der Nachbarhaltestelle, der noch schnell eine Zigarette rauchte, Alex nicht ähnlich sah und außerdem eine Frau war, waren sie in ihren Bus eingestiegen.

„Mach dir keine Sorgen. Wir finden einen Alex. Verlass dich auf meine weibliche Intuition. Außerdem wäre es doch langweilig, direkt am Bahnhof schon am Ziel zu sein. Genieß einfach den Ausflug."

Sie hatten sich in einem Sitzvierer niedergelassen und ihre Rucksäcke in der Gepäckablage über ihren Köpfen verstaut.

„Auf geht's! Finden wir einen Alex." Chris klatschte aufmunternd in die Hände und wie auf Kommando startete der Fahrer den Motor.

Die Busfahrt verlief wie jede andere Busfahrt auch. Der Fahrer donnerte mit überhöhter Geschwindigkeit durch die Ortschaften und sammelte Fahrgäste ein. Gebremst wurde nur, wenn es unbedingt notwendig war und dann auch nur im allerletzten Augenblick, damit die stehenden Gäste in dem mittlerweile überfüllten Bus Halt suchend in der Gegend rumkullerten.

Allmählich verstand Titus, warum Busfahrer einer der lustigsten Berufe der Welt war. An jeder Station durfte man Gäste über das Mikrofon anschnauzen, wenn sie die Türen blockierten, oder man wartete, bis sich ein Fahrgast von der Mitte des Busses zur Vordertür gequetscht hatte, um ihm dann zu sagen, dass der Ausstieg hinten sei. Ein besonderer Spaß unter Busfahrern schien es zu sein, auf heranrennende Fahrgäste zu warten, ihnen im letzten Moment die Tür vor der Nase zuzumachen und dann abzufahren. Und so vergingen die zwei Stunden wie im Flug, während die drei Freunde mit einer netten alten Dame in ihrem Vierer saßen, Titus' Vorräte auffutterten und genervten, verschwitzten und gequetschten Heringen bei dem Versuch zusahen, nicht umzukippen.

An der Endstation sprangen sie aus dem Bus und blickten in den hellen, leicht bewölkten Himmel. Es dauerte einige Augenblicke, bis sich ihre Ohren und Augen an den Lärm und das bunte, hektische Treiben der Stadt gewöhnt hatten. Sie waren mitten im Zentrum. Um sie herum ragten imposante Wolkenkratzer in den Himmel. Menschen aller Nationen, Farben und Mentalitäten schwirrten in der Gegend herum. Anzugtragende Businessmänner, Frauen mit und ohne Kopftücher, Hippies, Obdachlose, Touristen, Jugendliche, Kleinkinder an der Hand ihrer Eltern, Greise mit Rollatoren, Straßenmusiker, Bettler, Polizisten, Menschen an Infoständen und herumstolzierende Tauben verschmolzen mit Verkehrsgeräuschen, Rufen, Gerüchen und Abgasen. Titus wurde beinahe schwindlig bei den vielen Eindrücken. Er konnte nicht begreifen, warum Menschen sich dieses Chaos freiwillig antaten.

„Wow, das ist der Hammer." Offenbar war Chris ganz anderer Meinung. Sofort zog er sein Handy heraus und knipste einige Bilder von den Hochhäusern, gefolgt von einem Selfie mit Victory-Zeichen.

„Wir fahren mit der S3 in die Altstadt. Dann sind es nur noch fünf Minuten zu Fuß." Clara ging voran in Richtung S-Bahn-Haltestelle. Sie entschieden sich, schwarzzufahren, was Titus sehr beunruhigte. Aber gegen seine Freunde kam er nicht an. Und so wusste er während der zehnminütigen Fahrt nicht, was ihn mehr störte – der Gedanke, bei einer Fahrscheinkontrolle erwischt zu werden, oder der muffige Geruch in der wild hin- und herwackelnden Straßenbahn.

Die Altstadt war das genaue Gegenteil vom Zentrum. Dort reihten sich wunderschöne Fachwerkhäuser an einem Markplatz mit Brunnen aneinander. Der gesamte Stadtteil war im sechzehnten Jahrhundert erbaut und seitdem immer wieder liebevoll saniert worden. Die autofreie Straße bestand aus rötlichem Kopfsteinpflaster, die Laternen waren in barockem Stil gehalten und der Brunnen zeigte verschiedene, in den Rand gemeißelte Motive aus der griechischen Mythologie. Abgerundet wurde die idyllische Szene durch die pompöse Christuskirche, die ihren Schatten weit über den Platz warf. Alle halbe Stunde ertönten die Glocken, um den Passanten die Zeit mitzuteilen - sogar denen, die keine Kirchensteuer zahlten. Bis auf das Gebimmel lag über dem gesamten Platz eine angenehme und entspannende Ruhe, die selbst durch die vielen Cafés und Kneipen nicht zerstört wurde.

„Meine Oma wohnt am Rande der Altstadt. Da entlang." Clara deutete in eine schmale Gasse, die *Burgweg* hieß. Am Ende der Gasse bogen sie rechts in eine ruhige Seitenstraße, den *Gerberweg*. Dort gab es keine Geschäfte oder Kneipen, es war eine reine Wohnstraße mit ebenso schönen Fachwerk- und Zunfthäusern wie auf dem Markt-

platz. Vereinzelt parkten teure Autos auf dem Kopfsteinpflaster.

Am Ende der Straße stand das Haus von Claras Oma. Es
sah aus wie ein kleines Hexenhäuschen aus einem Mär-
chen - romantisch und gleichzeitig ein wenig gruselig.
Das Mauerwerk war weiß-gräulich, wohingegen die Fach-
werkbalken, ebenso wie die Fensterläden, blau gestrichen
waren. Das Dach deckten kleine schildförmige Schindeln,
die mindestens hundert Jahre alt sein mussten.

„Wahnsinn!" Titus war begeistert. „Das ist ja wie in einem
historischen Film."

„Wartet ab, bis ihr drinnen seid." Clara grinste voller Vorfreude und Stolz. Sie ging durch den weißen, hölzernen
Rosenbogen, der wie ein Portal in eine andere Zeit wirkte.
Ein schmaler, knapp sechs Meter langer Kieselweg führte
zu einer alten Holztür. Links und rechts des Weges waren
bunte Blumenbeete angelegt, die sehr gepflegt wirkten,
auch wenn das Unkraut dringend gejätet werden musste.
Eine Klingel gab es nicht, dafür aber einen goldfarbenen
Türklopfer in Form eines Singvogels, der einen Blumen-
kranz im Schnabel hielt. Nach drei Schlägen mit dem
Kranz regte sich etwas im Haus und ein leicht schlurfen-
des Geräusch verriet, dass jemand in Richtung Tür ging.
Ein lautes Quietschen folgte und da stand sie.

„Wie schön, da seid ihr ja." Eine kleine, strahlende Frau mit weißen Haaren und umgebundener Kochschürze strahlte die drei durch helle, liebevolle Augen an. „Herzlich willkommen."

„Hallo, Oma." Clara drückte ihre Großmutter und stellte dann ihre Freunde vor. Auch sie wurden von der herzlichen, kleinen Frau gedrückt.

„Ich heiße übrigens Rosemarie. Ihr Jungs dürft mich aber gerne Rosi nennen."

„Sehr gerne, Rosi." Chris setzte sein schmalzigstes Lächeln auf.

„Na, dann kommt mal rein, ihr Lieben."

Clara hatte nicht zu viel versprochen. Drinnen roch es zwar nach dem üblichen Alte-Oma-Geruch, der sich aus Mottenkugeln, alten Möbeln und Kölnisch Wasser zusammensetzte, doch war die Einrichtung sehr geschmackvoll ausgewählt worden. Schränke, Tische, Stühle, Kommoden – alles stammte aus der Biedermeierzeit und war aufwendig restauriert worden. An den Wänden hingen in teuren Rahmen alte Schwarzweißfotos von Familienmitgliedern, teils in historischen Uniformen, teils in Sonntagsanzügen.

Es war ein recht kleines Haus, doch für eine verwitwete Frau war es mehr als ausreichend.

„Die Küche findet ihr hier, dort geht es in die Stube und da ist das Gäste-WC." Rosemarie deutete in verschiedene Richtungen. „Und durch die Tür dort", sie zeigte auf eine Buntglastür am Ende des Flurs, „gelangt man in den Hinterhof. Nicht sehr groß, aber gemütlich. Oben sind das Badezimmer, mein Schlafzimmer und zwei Kammern für euch. Die Herren teilen sich ein Zimmer, die Dame bekommt ihr eigenes." Sie zwinkerte Clara zu, die dies mit einem Lächeln quittierte.

„Am besten packt ihr erst einmal aus und ich mache uns einen Tee. Clara, du kennst dich ja oben aus." Sie tätschelte den Arm ihrer Enkelin und schlurfte dann im Oma-Galopp in die Küche, um Wasser aufzusetzen.

Die Treppe knarzte und knirschte, als die drei hinaufgingen, um ihre Zimmer zu beziehen. Es waren kleine Räume mit Dachschrägen, Blumenmustertapeten und Holzdielenböden.

„Na toll, ein Doppelbett." Chris warf seinen Rucksack auf die dicke Decke. „Wehe, du kommst mir heute Nacht zu nahe."

Titus grinste. „Keine Sorge, du bist gar nicht mein Typ."

Beide lachten und fingen an auszupacken. Zehn Minuten später lagen sie nebeneinander auf dem Rücken im Eichenholz-Doppelbett, starrten die Decke an und warteten, bis sich Clara im Nachbarzimmer fertig eingerichtet hatte.

„Dass die Weiber immer so lange brauchen müssen."

„Ja, meine Schwester ist auch so." Titus dachte an Melanie, die auf jeder Reise genug Klamotten und Make-up mitschleppte, um eine ganze Filmcrew versorgen zu können. „Sag mal, glaubst du wirklich, dass wir jemanden finden werden?"

„Klar, mach dir keine Sorgen."

„Jemanden, der tatsächlich am Montag zu uns fährt?"

„Auch das. Zur Not haben wir ja noch die Kohle." Chris bewegte seinen Zeigefinger über seine Daumenkuppe, als reibe er über einen Geldschein.

„Ich hoffe, ich zerstöre keinen romantischen Augenblick." Die Buben fuhren erschrocken hoch. Clara stand in rotem Top und blauen Used-Jeans in der Tür und schaute lachend herüber. „Seid ihr bereit? Oma hat den Tee fertig. Sie fragt, ob ihr was essen wollt."

„Was gibt's denn?" Es kam wie aus einem Munde.

„Kohlrouladen und Kartoffeln."

Der Blick der Jungs sprach Bände. „Okay, okay, ihr Feinschmecker, dann futtern wir eben nachher was in der Stadt. Und jetzt runter vom Bett und ab in die Küche."

Das Teetrinken verging wie im Flug. Rosemarie erzählte lustige und interessante Anekdoten aus ihrem Leben, von ihrer Ehe mit dem gutherzigen Hartmut, der vor fünf Jahren verstorben war, darüber, wie sich alles so schnell veränderte, und über den vielen Unfug, den Claras Vater zu Kinderzeiten angestellt hatte. Beinahe vergaßen die drei, warum sie hier waren, doch auf Chris war Verlass.

„So, Rosi, ich will nicht unhöflich sein, aber wenn wir uns die Stadt noch anschauen wollen, müssen wir jetzt los."

„Stimmt! Also, Oma, wir kommen heute Abend wieder."

„Aber nicht zu spät. Nicht, dass ich mir Sorgen machen muss."

„Keine Angst, wir sind gegen neun Uhr wieder da." Clara gab ihrer Großmutter einen Kuss auf die Wange.

„Klopft dann einfach. Ich bin auf jeden Fall noch wach. Passt auf euch auf."

Gut gelaunt schritten die drei durch den Vorgarten auf die kleine Gasse hinaus. Es war soweit, die Suche nach Alex konnte beginnen.

***

„Einmal der gemischte Salat für die Dame und zweimal die Jumbo-Pommes mit Ketchup für die Herren." Der gut gelaunte, schlanke Gastwirt stellte die Teller auf den Tisch, wünschte *Guten Appetit* und wandte sich dann zum Nachbartisch, an dem ein älteres Pärchen bezahlen wollte.

„Herrlich!" Chris ergriff seine Gabel und rückte dem Berg aus fettigen Pommes damit zu Leibe. Titus tat es ihm gleich. Wie ein Rudel Hyänen hackten beide auf ihre Teller ein, als hätten sie seit Tagen nichts gegessen. Clara verdrehte die Augen und schüttete etwas Dressing über ihren Salat.

„Bist du sicher, dass du von dem Gebüsch satt wirst." Chris grinste sie auffordernd an.

„Halt die Backen und iss deine Fettbombe." Mit diesen Worten warf sie ihm ein Salatblatt entgegen, das mit einem leichten Klatschen auf seiner Stirn landete.

Sie saßen auf Gartenmöbeln vor einem gutbürgerlichen Gasthaus, das sich direkt auf dem Marktplatz befand und die Möglichkeit bot, die vielen Passanten zu beobachten.

„Und, schon eine Idee, wie wir vorgehen?" Chris nahm einen großen Schluck von seiner Cola.

„Das sollten wir jetzt besprechen. Hat einer einen Vorschlag?"

Titus setzte zum Sprechen an, doch als er merkte, dass sein Mund zu voll war, signalisierte er seinen Freunden, kurz zu warten. „Ich habe", begann er schließlich, „gestern Abend mal im Internet rumgesucht. Dabei ist mir eine Idee gekommen. Wir brauchen natürlich jemanden, der wie Alex aussieht. Allerdings reicht das Aussehen alleine nicht aus. Die Person muss Alex auch spielen können."

Seine Freunde nickten kauend.

„Deswegen brauchen wir jemanden, der schauspielern kann. Und nicht weit von hier ist *Das Haus der darstellenden Künste*."

„Du meinst, wo Leute lernen, ihren Namen zu tanzen?" Chris stopfte sich lachend eine Gabel voll Pommes in den Mund.

„Nein. Das ist eine Akademie, an der man Tanz, Theater und Medienkunst lernt. "

„Sag ich doch."

„Ich glaube zwar nicht, dass die Chancen groß sind, aber vielleicht finden wir jemanden, der uns sein Talent zur Verfügung stellt."

„Gute Idee, Titus." Clara zwinkerte ihm zu und zog ihr Handy aus der Tasche. „Gleich nach dem Essen geht es los. Ich schau mal kurz, wo genau das ist."

Wie sich herausstellte, lag *Das Haus der darstellenden Künste* nur vier Kilometer von ihrem Standort entfernt.

Nachdem sie aufgegessen und bezahlt hatten, schlug Clara leicht mit den Händen auf den Tisch, um das Signal zum

Aufbruch zu geben. „Knapp eine Dreiviertelstunde Fußmarsch. Avanti!"

Sie sah die beiden an. „Keine Diskussionen. Bewegung nach dem Essen tut gut", kommentierte sie den entsetzten Blick ihrer Freunde.

Titus war leichter zu überreden als Chris, besonders weil er nicht wieder schwarzfahren wollte. Außerdem würde das Gehen seiner Figur guttun. Siebeneinhalb Liegestütze und ein Vier-Kilometer-Marsch in einer Woche waren für den Anfang nicht schlecht. Damit überbot er seinen bisherigen Rekord um siebeneinhalb Liegestütze und zwei Kilometer.

Widerwillig trottete Chris hinter den beiden her, auch wenn er nicht müde wurde, zu betonen, dass er sich überfressen habe und Clara nach ihrem „Teller Laub" diesbezüglich gar nicht mitreden könne.

Der Marsch dauerte etwas über eine Stunde, was nicht zuletzt daran lag, dass Chris zweimal pinkeln und Titus sich einmal ausruhen musste. Er schwor sich, in Zukunft mehr Sport zu treiben.

Die vom Wetterdienst vorhergesagten achtzehn Grad entpuppten sich als mindestens fünfundzwanzig und die schwüle Luft tat ihr Übriges, um die drei gehörig ins Schwitzen zu bringen.

„Uiii! Nicht schlecht." Titus schaute auf einen riesigen, breiten Gebäudekomplex im Jugendstil, dessen Anblick die Strapazen des Marsches wieder wett machte. Das imposante Bauwerk bestand aus mindestens drei Stockwerken und war übersät mit verschnörkelten Linien und feinen, floralen Mustern. Das spitz zulaufende Dach bestand aus grün oxidiertem Kupfer und verbarg mehrere kleine Fenster, die man erst auf den zweiten Blick entdeckte.

Genau durch die Mitte des Gebäudes verlief ein Bogen, über dem in geschwungenen, metallischen Lettern *Das Haus der darstellenden Künste* stand.

Das Gebäude befand sich etwas außerhalb, etwa fünfhundert Meter vom Stadtrand entfernt. Links und rechts des Vorplatzes, auf dem sie standen, verrieten zahlreiche Buchen und Kiefern, dass das Anwesen mitten in einen Wald hineinragte. Es herrschte eine gespenstische Ruhe. Weit und breit war niemand zu sehen. Die zahlreichen Fenster des Hauptgebäudes spiegelten die Sonne wider und ließen den Blick nicht hindurchdringen, so als hüteten sie ein wichtiges Geheimnis. Alles wirkte kalt und lauernd, fast als seien die drei an diesem Ort nicht willkommen; als seien sie Eindringlinge, die es zu verscheuchen galt.

„Irgendwie gruselig hier." Chris fröstelte. „Wo müssen wir denn hin?" Er suchte mit zusammengekniffenen Augen eine Infotafel oder etwas Ähnliches, das ihnen weiterhelfen konnte.

„Kommt mit. Wir gucken mal, was am anderen Ende des Durchgangs ist." Mit diesen Worten schritt Titus entschlossen durch den Tunnel, dessen Innenwände nicht weniger dekorativ verziert waren als die Außenwände. Der Durchgang hatte eine Höhe von knapp vier und eine Länge von gerade einmal zehn Metern. Doch am Ende des Portals war es, als hätten sie eine andere Welt betreten.

„Seht euch das an." Er fischte in der Tasche nach seinem Smartphone und schoss ein Foto. Vor ihnen erstreckte sich ein gigantisches Rechteck aus grünem, gepflegtem Rasen, das genug Platz für zwei Fußballfelder geboten hätte und in dessen Mitte ein imposanter, sprudelnder Springbrunnen stand. Im Gegensatz zu Titus' Schule schien diese Einrichtung genug Geld für den Betrieb des Brunnens zu haben. Und sicherlich warfen die Menschen ihren Müll hier in Abfalleimer und nicht in die Dekorationsbauten.

Dutzende Studentinnen und Studenten saßen auf stilvollen Parkbänken herum oder hockten in kleinen Gruppen auf dem Rasen. Andere lagen ausgestreckt da und sonnten sich.

Erst bei genauerem Hinsehen erkannte man, dass der große grüne Platz von kleinen Gehwegen zerschnitten wurde, die allesamt am Brunnen zusammentrafen. Am Brunnen selbst saß niemand, so als sei er ein heiliges Relikt, das nicht entweiht werden durfte.

„So hab ich mir die Uni immer vorgestellt." Titus knipste Bilder von Menschen mit Schreibblöcken, die sich gegenseitig abzufragen schienen, Zigaretten drehenden Männern mit zotteligen Haaren und Frauen mit erdfarbenen Hosen und bunten Oberteilen. Es herrschte eine ansteckende Gelassenheit, die nichts mit dem kühlen Ambiente des Vorplatzes zu tun hatte. Eingerahmt wurden die saftige Grünanlage und das lebhafte Treiben von zahlreichen Nebengebäuden, die sich majestätisch aneinanderreihten und den Park wie die vier Seiten eines Schuhkartons umgaben. Hinter den Gebäuden ragten hohe Bäume empor, die die Vermutung bestätigten, dass die Anlage nach hinten raus von Wald umgeben war.

„Meint ihr, wir fallen hier auf?" Clara sah sich etwas verunsichert um, obwohl niemand Notiz von ihrer Anwesenheit nahm.

„Ach Quatsch!", frotzelte Chris. „Die denken sicher, wir sind hochbegabt und dürfen schon studieren."

„Okay, du hochbegabter Student, wo fangen wir an?"

„Keine Geduld, die Frauen. Erst mal machen wir es uns ein wenig gemütlich und gucken uns dann unauffällig um." Chris schritt erhaben über die Rasenfläche, während seine Freunde ihm achselzuckend hinterhertrotteten. In der Nähe des Brunnens legte er sich lang ins Gras, zog die Schuhe aus und verschränkte die Hände hinter dem Kopf. „Herrlich."

Titus und Clara taten es ihm gleich.

„Starr die Leute nicht so an, Titus. Du machst denen ja Angst."

„Ich will doch nur wissen, ob brauchbare Kandidaten dabei sind."

Eine Weile musterten die drei ihre Umgebung. Wirklich überzeugend war keiner der Studenten. Entweder sie waren zu dünn, zu klein oder zu haarig.

„Vielleicht der da." Clara deutete auf einen blassen, blonden Mann mit Sonnenbrille und Polohemd, der mit einem Buch bewaffnet auf einer Parkbank saß und irgendetwas vor sich hinredete.

„Der sieht ja aus wie ein Fötus. Das kauft uns doch keiner ab." Chris zeigte ihr den Vogel. „Außerdem fehlt die Tätowierung am Hals."

„Als ob hier einer mit einem Tribal am Hals rumlaufen würde." Titus warf ihm lachend ein herausgerupftes Grasbüschel ins Gesicht. „Außerdem kann man das mit einem Rollkragenpulli oder einer Jacke kaschieren. Dann merken Matthias und Kevin nichts von dem fehlenden Tattoo."

„Stimmt. Gute Idee." Das Grasbüschel flog zurück zu seinem Absender.

Ein weicher Glockenschlag, der aus unsichtbaren Lautsprechern zu kommen schien, ließ die drei aufhorchen.

„Was ist denn jetzt los?" Clara erhob sich.

Fast zeitgleich erhoben sich auch die zahlreichen Studentinnen und Studenten und hasteten schnell in Richtung der verschiedenen Gebäude.

„Die haben einen Gong! Wie in der Schule." Chris musste lachen. „Künstler!"

Wie aufgescheuchte Ameisen verstreuten sich die jungen Leute auf dem Areal. Ein Teil von ihnen ging auf ein großes Gebäude zu, das mit seiner gigantischen, modernen Glasfassade nicht zum Rest des Anwesens zu passen schien.

„Hinterher! Ich will wissen, was die da machen." Clara reichte Titus die Hand und zog ihn mit erstaunlicher Kraft hoch.

„Los, steh auf, du fauler Sack." Chris gab sie dagegen einen freundschaftlichen Tritt in den Allerwertesten.

Als sie ankamen, waren bereits alle Studentinnen und Studenten durch die Drehtür des Glasbaus verschwunden. Trotz der Vollverglasung verhinderten die getönten Scheiben, dass man von draußen in das Innere schauen konnte. Neben dem Eingang prangte ein großes Metallschild mit der Aufschrift *Übungssaal II*, das ebenso wie die Dächer mit Patina überzogen war.

„Was meint ihr?" Clara machte eine auffordernde Kopfbewegung in Richtung Drehtür. „Sollen wir mal reinschauen?"

„Nein!"

„Jo!"

„Okay. Chris gewinnt. Auf geht's." Mit einem theatralischen Winken verschwand Clara in der Drehtür.

„Na komm." Nun war auch Chris weg. Was blieb Titus also anderes übrig? Mehr als rausschmeissen konnte man sie ja schließlich nicht.

Der Saal glich einer großen Schulaula mit dem Unterschied, dass der Boden nicht mit stinkendem PVC, grünem Teppich oder einem sonstigen Geschmacksdesaster ausgelegt war, sondern mit edlem Parkett. Titus ermahnte sich, unbedingt daran zu denken, einen der Studenten zu fragen, was man monatlich hinblättern musste, um auf eine solche Akademie gehen zu können.

Die sonstige Inneneinrichtung war dafür umso spartani-
scher. Am Ende des Saales befand sich eine große Bühne
ohne Vorhänge, die man über eine rollbare Treppe betreten
musste, die rechts daneben stand.

Vor der Bühne waren in mindestens zwölf Reihen Metall-
stühle aufgestellt, auf denen sich die etwa dreißig Theater-
studentinnen und -studenten wild verstreut niederließen.

„Los, kommt. Schnell! Bevor alle sitzen und wir auffallen", drängte Clara, wobei sie die Jungs am Ärmel griff
und diese hinter sich herzog. Sie setzten sich in die letzte
Reihe, in der Hoffnung, nicht ertappt zu werden, während
sie nach einem passenden Alex Ausschau hielten.

Ein lautes Händeklatschen, das klang, als würde jemand
zwei Fische aufeinanderschlagen, ließ sie plötzlich zu-
sammenzucken.

„Bitte, meine Herrschaften, bitte. Setzen Sie sich und sei-
en Sie still." In der ersten Reihe saß außen rechts ein kleiner, glatzköpfiger Mann mit quakender Stimme, der ihnen
gar nicht aufgefallen war. Nach allem, was sie von hinten
erkennen konnten, trug er eine große Brille mit knallroten
Rändern, ein blaues Jacket und einen bunten Schal, obwohl es im Saal mindestens fünfundzwanzig Grad warm
sein musste.

„Das ist bestimmt der Dozent", flüsterte Titus Chris ins Ohr.

„Der was?"

„Der Dozent. So nennt man die Lehrer an Hochschulen."

„Ach so. Ja, kann sein. Professor Doktor Eierkopp." Beide prusteten leise los.

„Pssst!", zischte Clara mit einem strengen Blick und deutete mit dem Kopf in Richtung der anderen Anwesenden, die, in beinahe militärischem Gehorsam, schweigend nach vorne in Richtung der Bühne sahen. Eine schlanke Frau mit roter Kurzhaarfrisur, weitem Wollpullover und Leggings stieg gerade die Treppen empor und blickte von ihrer erhöhten Position auf die Zuschauer herab.

„Frau Schmieder, wir machen da weiter, wo wir vor der Pause aufgehört haben." Der Eierkopf machte eine Wellenbewegung mit der linken Hand. „Und lassen Sie die Worte dieses Mal gleiten. Tragen Sie uns mit Ihren Worten davon."

Seine Art zu sprechen irritierte Titus; vor allem, weil er das Ende eines jeden Satzes unnötig betonte. „Bitte!", zickte er genervt. „Nun beginnen Sie doch."

Die Frau atmete tief durch, hob die Arme und streckte sie in Richtung Publikum. „Hand in Hand und Lipp auf Lippe", ihre Hände gingen zu ihrem Gesicht, „Liebes Mädchen, bleibe treu!" Auf *treu* umarmte sie sich selbst. „Lebe wohl und manche Klippe...", sie sprang zur Seite, als stünde sie an einem Abgrund, und blickte entsetzt auf den Bühnenboden, „Fährt dein Liebster noch vorbei. Aber..."

„Nein! Nein! Nein! Nein! Nein!" Der Eierkopf war mit hochrotem Kopf aufgesprungen, hatte sich sein Klemmbrett vom Nachbarstuhl geschnappt und schlug damit auf die Sitzfläche seines Stuhles ein. „Sie haben gerade Goethe getötet." Er rang nach Luft. „Sie haben ihn ermordet!" Die junge Frau sah ihn mit einer Mischung aus Wut und Entsetzen an. Getuschel machte sich im Publikum breit.

„Wenn Goethe gewusst hätte, dass Sie sein Gedicht so verhunzen, wäre er wahrscheinlich Bäcker geworden, oder Bauer. Üben Sie, um Himmels willen, Frau Schmieder, üben Sie."

Die Goethe-Mörderin stürzte von der Bühne, stampfte die Treppe herunter und setze sich mit verschränkten Armen und einem lauten „Pah!" beleidigt in die dritte Reihe.

Clara, Chris und Titus sahen sich abwechselnd an und mussten sich zwingen, nicht laut loszulachen. Chris biss sich dabei so fest auf die Zunge, dass er beinahe aufgeschrien hätte.

„So, der Nächste. Herr Lorenz, bitte." Der Dozent drückte den Handrücken seiner linken Hand an die Stirn, als er sich auf den Stuhl fallen ließ und sein Klemmbrett griffbereit neben sich ablegte.

„Sie haben Goethe getötet", äffte Clara den Tonfall des Dozenten leise nach. Titus schossen die Lachtränen in die Augen, als er sein Gesicht in den Händen begrub und geräuschlos lachte. Chris befürchtete, dass seine Zunge jeden Augenblick durchgebissen war.

In den Reihen der Studenten ging es nicht weniger heiter zu. Leises Grunzen, Lachen und Kichern war mittlerweile aus allen Ecken zu vernehmen. Einige pressten sich, ähnlich wie Titus, mit der Hand den Mund zu, um sich nicht mit lautem Gelächter selbst ins Aus zu schießen.

„Herrschaften, bitte! Contenance!", bellte der Dozent hysterisch, ohne sich die Mühe zu machen, sich umzudrehen. Sofort verstummten die Reihen hinter ihm und konzentrierten sich auf die nächste Darbietung.

Auch die drei Freunde fingen sich allmählich wieder und lenkten ihren Blick auf die Bühne, die mittlerweile ein junger Mann betreten hatte.

Sie trauten ihren Augen nicht. Da stand er!

10

„Alles klar! Wie bitte?" Herr Henke lauschte in den Telefonhörer. „Ja, genau. Es wäre mir sehr wichtig, alleine mit Ihnen zu reden, ohne dass Ihr Sohn davon erfährt. Dann würde ich einfach gleich kurz vorbeikommen." Er nickte mehrfach. „Ja, *Hauptstraße 47a*. Hab ich notiert. Gut. Danke." Er legte auf.

„Wer war denn das?" Frau Henke stand im Rahmen der Küchentür und blickte ihren Mann fragend an.

„Frau Sendtner." Stolz hielt Herr Henke das schnurlose Telefon hoch.

„Wer?"

„Die Mutter von diesem Kevin-Lümmel."

„Wo hast du denn die Nummer her?"

„Ich habe unsere reizende Tochter gefragt, wie Kevin mit Nachnamen heißt."

„Und die kennt den?"

„Nur flüchtig, aber sie hat mir in ihrer gewohnt charmanten Art das Jahrbuch der Schule gegeben. Da sind alle Klassen mit Foto und Namen der Schüler abgedruckt." Er grinste. „Der Bengel heißt Kevin Sendtner und von den Sendtners gibt es nur vier in unserem Telefonbuch." Er klopfte sich theatralisch auf die Schulter. „Und schon beim zweiten Anruf hatte ich seine Mutter an der Strippe."

Frau Henke applaudierte. „Nicht schlecht. Manchmal bist du gar nicht so doof, wie du immer tust."

Ihr Mann kam grinsend auf sie zu, umarmte sie und gab ihr einen sanften Kuss. „Du hast ja keine Ahnung, Baby."

Beide lachten.

„Und jetzt fährst du rüber?"

„Jo!" Er gab ihr noch einen Kuss auf die Stirn, ließ sie los und ging in den Flur, um seine Schlüssel zu suchen.

„Und was ist mit dem anderen, mit diesem Matthias?"

„Der scheint eher ein Mitläufer zu sein. Ich denke, es reicht, wenn ich mich um Kevin kümmere."

„Soll ich mitkommen?"

„Nee, lass mal. Ich denke, es reicht, wenn ich das alleine regele. Das habe ich dir ja im Restaurant versprochen. Weißt du das noch?" Lachend vollführte er mit seiner Hand eine Bewegung, die aussah, als ob er aus einer Flasche trinke.

„Jaja, du Witzbold. Und bleib bei der Sache. Nicht, dass du vor lauter Geschwätz wieder vergisst, was du wolltest."

Herr Henke wusste genau, worauf sie anspielte. Vor einem Monat hatte seine Frau ihn in einer Donnerstagnacht ge-beten, zu den lautstark feiernden Nachbarn rüberzugehen und um Ruhe zu bitten. Als er nach einer halben Stunde noch nicht wieder zurückgekehrt war, hatte sie sich selbst auf den Weg gemacht und einen Kreischanfall bekommen, als sie ihren Mann auf der Terrasse der Pfeiffers entdeckt hatte, wie er unter jubelndem Getöse der Partygäste, mit Bierdose und Zigarette in der Hand, in ein Karaoke-Mikrofon gebrüllt und versucht hatte, das Lied „Eye of the Tiger" zu singen.

Herr Henke verdrehte die Augen. „Schon klar. Bis später, Schatz." Sie gaben sich einen Abschiedskuss und Herr Henke verschwand durch die Haustür nach draußen in Richtung Garage. Mit einem donnernden Geräusch, das verdächtig nach einer umgefahrenen Mülltonne klang, brauste der Wagen davon.

***

„Wissen Sie", Frau Sendtner stellte zwei dampfende Becher Kaffee auf den Küchentisch „unser Kevin war nicht immer so ein komplizierter Junge. Aber in den letzten Jahren hat er sich irgendwie verändert. Er testet einfach gerne seine Grenzen aus. Sicherlich ganz normal in dem Alter." Herr Henke nickte schweigend und musterte sie dabei eingehend. Frau Sendtner war eine kleine, untersetzte Frau mit kurzen, rot gefärbten Haaren und viel zu viel Make-up. In ihrem braun-beige gestreiften Rock und dem dunkelgrünen, weiten Oberteil sah sie aus wie eine dieser Esoteriktanten aus dem Fernsehen, die man für drei Euro die Minute anrief, wenn man wissen wollte, warum der Hund Depressionen hatte, oder wenn man mit dem Geist von Oma Gerda reden wollte.

„Manchmal bin ich mit der Situation auch einfach etwas überfordert." Sie schaufelte bereits den vierten Löffel Zucker in ihre Kaffeetasse. „Mein Mann ist nur jedes zweite Wochenende zu Hause und ich arbeite immer spät. Da kommt unser Kevin einfach auch mal auf dumme Gedanken."

Das war die Chance für Herrn Henke, das Zepter in die Hand zu nehmen. „Ja, ich verstehe das. Es ist nur so, dass unser Sohn sehr unter Kevin und seinem Kumpel Matthias zu leiden scheint. Er würde von sich aus niemals mit uns darüber reden. Unsere Tochter hat es meiner Frau erzählt und wir machen uns einfach Sorgen. Titus hat sich in den letzten Monaten verändert."

Frau Sendtner sah mit trübem Blick in ihre Kaffeetasse, während Löffel Nummer sechs darin verschwand. „Leider ist Kevin gerade nicht zu Hause, sonst könnten wir ihn dazuholen."

„Es ist wirklich besser so. Ich wäre Ihnen nämlich dankbar, wenn Sie dieses Gespräch vertraulich behandeln könnten. Titus wäre es sehr unangenehm, wenn er wüsste, dass ich mit Ihnen rede. Und Kevin könnte es so auffassen, als ob mein Sohn ihn verpetzt hätte."

„Und was kann ich tun?"

„Nehmen Sie ihn sich einfach mal zur Brust und lesen Sie ihm die Leviten. Sie müssen ihm ja nicht verraten, wer mit Ihnen geredet hat. Sagen Sie ihm einfach, es sei Ihnen zu Ohren gekommen, dass er Mitschüler runtermache, und ermahnen Sie ihn, damit aufzuhören."

Einige Sekunden schwiegen sie, während Frau Sendtner gedankenverloren in ihrem Kaffee rumrührte. Nachdem sie einen großen Schluck genommen hatte, sah sie Herrn Henke mit festem Blick an.

„Sie haben recht."

Herr Henke war erstaunt über die wilde Entschlossenheit, die plötzlich in ihrem Blick lag.

„Ich glaube, ich habe ihm in der letzten Zeit einfach zu viel durchgehen lassen."

„Es ist bestimmt nicht Ihre Schuld", sagte Herr Henke, wenn auch mit wenig überzeugender Stimme. „Aber Sie können jetzt eine Menge tun, um die Situation zu ändern."

Sie nickte.

„Ich wäre Ihnen nur dankbar, wenn Sie Diskretion wahren könnten und Ihrem Sohn nicht erzählen würden, dass *ich* bei Ihnen war. Ich denke, es würde Titus nur schaden."

Frau Sendtner blickte eine gefühlte Minute auf die Tischplatte, als sich ihre Augen ohne Vorwarnung mit Tränen füllten. „Machen Sie sich keine Sorgen", schluchzte sie. „Sie sind bei Weitem nicht der Einzige, der sich in der letzten Zeit bei mir gemeldet hat." Sie trocknete ihre Augen mit dem linken Ärmel ihrer Bluse. „Allein die vielen Lehrergespräche..." Sie holte sich ein Taschentuch und trötete wie ein ausgewachsener Elefantenbulle hinein.

„Es tut mir leid, dass Sie in dieser Situation sind. Kinder können verdammt anstrengend sein. Ich wollte Sie nicht zusätzlich belasten." Herr Henke war noch nie besonders gut im Trösten gewesen.

„Nein, nein. Ich bin froh, dass Sie hergekommen sind", näselte sie. „Es wird Zeit, andere Saiten aufzuziehen. Irgendwann ist auch mein Fass mal voll. Ich werde mit Kevin reden. Verlassen Sie sich darauf."

„Damit würden Sie mir und meinem Sohn einen riesigen Gefallen tun."

„Ich hoffe, dass er auf mich hört." Wieder folgte ein Schweigen, das eine gefühlte Ewigkeit dauerte. „Er sollte nicht so viel mit diesem Matthias rumhängen. Ständig ist der Kerl bei ihm oben im Zimmer." Sie starrte auf Herrn Henkes leeren Becher. „Möchten Sie noch einen Kaffee?"

„Nein, vielen Dank. Ich muss los." Er dachte an die Regenrinne, die er in der letzten Woche beim Reinigen abgerissen hatte und heute noch reparieren wollte. „Reden Sie bitte mit Ihrem Sohn. Dann wird sicher alles gut."

„Natürlich. Das mache ich. Und falls noch etwas ist, können Sie sich jederzeit bei mir melden."

Herr Henke dankte abermals und verabschiedete sich schnell.

Als er wieder im Auto saß und den Motor gestartet hatte, atmete er erleichtert auf. Die kleine Frau tat ihm leid, doch er war froh, es hinter sich gebracht zu haben. Er schaltete das Radio ein und fuhr laut und schief singend nach Hause.

11

„D *üster bricht die Nacht herein, Krähen strei-*
fen unsern Blick, so fern ist gestriger Son-
nenschein, nur feuchter Nebel blieb zu-
rück.“

Der Dozent hatte sich weit nach vorne gebeugt und schaute mit großen Augen in Richtung Bühne, während der Theaterstudent seine Worte mit wilder Gestik und Mimik untermalte.

Zu Ross passieren wir den Wald, der Blick geht links, der Blick geht rechts, vor Nässe finden wir kaum Halt. Horch! Welch' grausiges Gekrächz.

In Unterhemd, schwarzer Strumpfhose und Ballerinas hüpfte der junge Künstler über die Bühne.
Gebannt vor Spannung, als schaute er einem entscheidenden Elfmeter in einem Finalspiel zu, biss sich der bebrillte Eierkopf in die geballte Faust.

Gestöhn' und Schreie dringen aus der Tiefe, tote Leiber nähern sich, ein Alptraum, als ob ich schliefe, deine Finger berühren mich.

Die Knie des Dozenten fingen nervös an zu wippen. Er sah aus, als ob er jeden Augenblick explodieren würde. Der runde Kopf mit den leicht abstehenden Ohren färbte sich rötlich und die Augen klebten an dem jungen Mann, der auf der Bühne seine Verse rezitierte.

Ich wend' den Blick zu dir, oh Schöne, und durchschaue deine List, erkenne unter arg' Gestöhne, dass du eine von ihnen bist. "

Jetzt gab es kein Halten mehr. Der Dozent schoss in die Höhe, sodass ihm sein Schal von den Schultern fiel, und applaudierte mit hektischen, kurzen Bewegungen. „Bravo, Bravissimo! Magnifique!"
Pflichtbewusst stimmten die anderen Zuschauer in das Klatschen des Professors ein, der dem Vortragenden noch ein schrilles „Superb!" hinterherschob. So abrupt, wie er zu klatschen angefangen hatte, so schnell hörte er auch wieder auf und setzte sich. „Der Nächste, bitte."

Der junge Mann stolzierte wie ein Gockel mit geschwellter Brust gemächlich von der Bühne.

„Na, was sagt ihr?", flüsterte Clara.

„Könnte passen." Chris hob den Daumen seiner rechten Hand. „Was meinst du?"

Titus musterte den Studenten eingehend. Tatsächlich hatte er eine gewisse Ähnlichkeit mit dem fiktiven Alex. Die Haare waren zwar etwas länger, aber die Farbe passte. Die Augenfarbe konnte er auf die Distanz nicht erkennen, allerdings glaubte er kaum, dass Matthias und Kevin auf solche Details achteten. Außerdem war das Profilfoto ja sowieso überbelichtet gewesen. Die Körpergröße schien ungefähr zu stimmen. Seine Statur war drahtig und definiert, doch weniger aufgepumpt als die von Alex. Auch eine Tätowierung konnte Titus nicht erkennen. Aber das waren keine Probleme, die man nicht mit den richtigen Klamotten vertuschen konnte.

Der junge Mann setzte sich auf einen Platz in der vierten Reihe und zog einen Rucksack unter dem Stuhl hervor, aus dem er eine Wasserflasche holte. Titus schaute ihm verwundert zu. Entweder nahm er winzige Säuglingsschlücke oder er hielt sich die Flasche nur wegen des Effekts an den Mund, ohne wirklich etwas zu trinken. Nachdem er die Flasche wieder eingepackt hatte, schlug er die

Beine eng übereinander, was Titus schon beim Zusehen wehtat, und fuhr sich wie ein Model mit den Händen durch die Haare.

„Komischer Kauz", flüsterte Chris. Auch er und Clara schauten dem jungen Mann zu, wie er sich auf seinem Stuhl räkelte. „Was machen wir jetzt, Titus?"

„Am besten warten wir, bis die Übung zu Ende ist. Alles andere würde zu viel Aufmerksamkeit erregen. Wenn später alle rausgehen, fangen wir ihn in dem ganzen Tumult ab."

Und so schauten die drei fast neunzig Minuten zu, wie eine Person nach der anderen die Bühne betrat und wieder verließ, während der Eierkopf nach jedem Auftritt entweder in Weltuntergangsstimmung verfiel oder in jubelnde Euphorie ausbrach. *Der Kerl muss einen Puls wie ein Kolibri haben*, dachte Titus.

Endlich ertönte der erlösende Gong, woraufhin sich die Studierenden erschöpft von ihren Plätzen erhoben und murmelnd in Richtung Ausgang gingen. Irritierte Blicke trafen die drei Freunde. Anscheinend kaufte ihnen keiner ab, dass sie hier studierten. Sie erhoben sich ebenfalls schnell, um nicht von dem Dozenten entdeckt zu werden, und versuchten gleichzeitig, den jungen Mann nicht aus den Augen zu verlieren, welcher sich gerade mit einem hübschen, brünetten Mädchen unterhielt. Sie konnte nicht viel älter sein als er. Titus schätzte sie auf Mitte zwanzig.

Die Menschentraube quetschte sich durch die Drehtür nach draußen. Die Sonne brannte mittlerweile stechend vom Himmel, sodass Titus seine Hand als Schutz flach an die Stirn hielt.

Die Brünette stand nur etwa zehn Meter von ihnen entfernt und schien sich gerade von dem Mann zu verabschieden. Das war die Gelegenheit.

„Kommt, schnell!" Titus beschleunigte seinen Schritt und stampfte entschlossen auf die Zielperson zu, während Clara und Chris eilig hinterherhechteten.

„Entschuldigung!" Keine Reaktion. Titus sprach lauter: „Entschuldigung, darf ich Sie kurz stören?"

Jetzt drehte er sich um und blickte die drei fragend an.

„Meinst du mich?"

„Ja, genau. Könnte ich bitte eine Minute mit Ihnen reden?"

Skepsis machte sich im Gesicht des Studenten breit. Er musterte sie mit einem abschätzenden Blick. „Seid ihr von einer Schülerzeitung?"

Die drei schauten sich einen Moment irritiert an, bis Clara schließlich das Wort ergriff. „Nein, wir sind zwar Schüler, aber nicht von einer Schülerzeitung. Wir wollten Sie zunächst zu Ihrem Talent beglückwünschen. Ihr Auftritt war wirklich beeindruckend."

„Ja, das war er." Der junge Mann machte eine abweisende Handbewegung, als schicke er einen Diener fort. Unter mangelndem Selbstbewusstsein schien er nicht zu leiden. „Wenn das alles war, würde ich gerne weitergehen, ich habe nicht den ganzen Tag Zeit, hier herumzustehen. Schon schlimm genug, dass das Übungsseminar an einem Samstag stattfindet." Er machte eine verärgerte Kopfbewegung in Richtung des Saales. „Als hätte man am Wochenende sonst nichts zu tun." Er wandte sich ab.

„Tut uns leid, dass wir Sie aufhalten." Jetzt versuchte es Chris. „Könnten wir fünf Minuten mit Ihnen reden? Es ist sehr wichtig."

Der Student seufzte laut und machte eine resignierte Handbewegung in Richtung der im Schatten stehenden Parkbänke. „Na gut, fünf Minuten. Lasst uns da rübergehen."

„Vielen Dank", schallte es wie aus einem Munde.

Sie setzten sich, beziehungsweise sie versuchten es, denn der junge Mann machte sich auf der Parkbank so breit, dass nur noch Clara danebenpasste. Die Jungen stellten sich vor sie hin und schauten dabei zu, wie ihr Gegenüber seine Strumpfhose richtete. Chris konnte sich seine Frage nicht verkneifen.

„Warum tragen Sie eigentlich Strapse auf der Bühne?"

Wieder folgte ein tiefes, genervtes Seufzen. „Das sind Strumpfhosen, du Banause. Die erleichtern das Spielen, man fühlt sich darin beweglicher und freier." Er gestikulierte wild mit den Händen. „Das Schauspielern ist anstrengender, als es aussieht. Es fordert einem körperlich, aber auch mental alles ab. Immerhin gibt man dort oben auf der Bühne auch einen Teil seiner Seele preis."

Chris wäre es lieber gewesen, wenn die Strumpfhose dagegen weniger preis gegeben hätte, aber das behielt er sicherheitshalber für sich. „Also, Herr... äh?"

„Ihr könnt mich ruhig duzen. Nennt mich einfach Dennis."

„Okay, danke, Dennis. Also, ich bin Chris und das sind Clara und Titus."

Dennis hob gelangweilt die Hand zu einem gespielten Gruß.

„Wir brauchen dringend jemanden, der schauspielerisch begabt ist."

„So? Für Agenten seht ihr mir aber zu jung aus."

„Nein, nein. Es wäre eher ein privates Engagement." Er nickte Titus zu. „Am besten erklärst du es ihm."

Titus spielte nervös mit seinen Fingern. Seine brüchige Stimme und sein wackeliger Blick verrieten, wie unangenehm ihm die Situation war. „Ich habe ein großes Problem und brauche deine Hilfe." Er fasste die Ereignisse der letzten Tage zusammen, während er vor Scham immer wieder verlegen auf den Boden starrte. Dennis hörte mit weit geöffneten Augen zu, schüttelte zwischendurch ungläubig den Kopf oder runzelte die Stirn. Er kam sich vor, wie bei der *Versteckten Kamera* und war sich nicht sicher, ob er diese absurde Geschichte glauben sollte. Doch die Art, wie dieser Junge sie erzählte, während sich seine Augen mit Tränen füllten, ließen ihn zu dem Schluss kommen, dass er die Wahrheit sagte. Und Dennis spürte aus unerfindlichen Gründen plötzlich etwas, das er lange nicht mehr gespürt hatte – Mitleid; Mitleid mit diesem jungen, vierzehnjährigen Bengel, der sich durch unglückliche Umstände in eine verzwickte und peinliche Situation gebracht hatte.

„Deshalb wollte ich dich bitten, die Rolle des Alex zu spielen, damit die beiden mich in Ruhe lassen", beendete Titus seinen langen, emotionalen Monolog.

„Puh!" Dennis wischte sich mit der flachen Hand über die Stirn. „Da hast du dich ja ganz schön in was reingeritten." Keiner bestritt diese Aussage.

„Könntest du dir vorstellen, mir zu helfen?"

Ein langes Schweigen setzte ein. Dennis holte eine Schachtel Zigaretten aus der Tasche, nahm eine heraus, zündete sie an und zog heftig an ihr, während er in den Himmel starrte.

Nach einer gefühlten Ewigkeit beugte er sich schließlich vor. „Es tut mir leid, aber ich kann dir nicht helfen." Er schaute ins Leere, während er einen letzten, tiefen Zug von seiner Zigarette nahm und sie halb geraucht einfach wegschnippte. „Ich habe momentan viel um die Ohren, einen Haufen Seminare und so. Außerdem liegt eure Schule ja nicht gerade um die Ecke."

Die Verzweiflung stand Titus ins Gesicht geschrieben. Er war blass und seine Hände zitterten leicht.

Clara hatte eine Idee. „Überleg mal, Dennis. Das wäre die Rolle deines Lebens. Quasi ein Liveauftritt vor Publikum, das nicht weiß, dass es in einer Vorführung ist. Das ist die Chance, dich in der realen Welt als Schauspieler zu beweisen." Es schien zu wirken, denn Dennis kniff die Augen zusammen, als denke er intensiv nach. „Du würdest uns einen unfassbar großen Gefallen tun. Wir haben auch ein bisschen Geld, das wir dir geben können."

Wieder folgte ein langes Schweigen. Dennis rang mit sich selbst. „Ich weiß nicht. Ich werde mal darüber nachdenken."

„Viel Zeit bleibt uns nicht mehr."

„Wann und wo würde euer kleines Theaterstück denn stattfinden?"

„Am Montag um fünfzehn Uhr warten die beiden hinter der Turnhalle unserer Schule auf Alex und mich. Es ist die Heinrich-Böll-Gemeinschaftsschule in *Stettenau*." Es wäre toll, wenn wir uns schon eine Dreiviertelstunde vorher treffen könnten. Dann hätten wir noch ein wenig Zeit, um uns vorzubereiten. An der Turnhalle steht ein alter Baum, den man gar nicht übersehen kann." Mit diesen Worten überreichte Titus ihm einen kleinen Zettel. „Hier stehen alle Daten und meine Handynummer drauf; für den Fall, dass du es dir anders überlegen solltest." Seine Worte klangen flehend.

Schnell wie ein Gepard schoss Dennis plötzlich hoch, ergriff den Zettel, überflog ihn kurz und dachte fast eine Minute schweigend nach. Für einen Moment hatten die drei den Eindruck, er sei eingeschlafen. Dann gab er Titus unvermittelt das Stück Papier zurück, schnappte sich seinen Rucksack und schüttelte den Kopf. „Ich denke nicht, dass das eine gute Idee ist. Außerdem bin ich, wie gesagt, mo-

mentan sehr beschäftigt. Tut mir leid." Ohne sich zu verabschieden, drehte sich Dennis um und lief in Richtung
Hauptgebäude davon.

„Na super." Chris spuckte verärgert auf den Boden. „Und
was jetzt?"

„Wir suchen weiter, bis wir jemanden für Titus gefunden
haben."

„Und wo suchen wir weiter?"

Titus schwieg betreten.

„Ich schlage vor, dass wir unser Glück in der Stadtmitte
versuchen. Ich guck mal, von wo aus wir mit der S-Bahn
ins Zentrum kommen." Clara zog ihr Smartphone aus der
Tasche, um in einer *App* nach Verbindungen zu suchen.
Sofort schossen Titus die Bilder der überfüllten Straßen,
des vielen Verkehrs und der Unmengen an Menschen in
den Kopf. Aber was blieb ihnen anderes übrig? Er setzte
sich auf die Parkbank und Chris legte seinem frustrierten
Freund die Hand auf die Schulter. „Keine Sorge. Wir haben noch den ganzen Nachmittag. Und den halben Sonntag auch noch."

Titus nickte, ohne zu verbergen, dass diese Worte ihn
nicht überzeugten.

„Glück gehabt. Fünfhundert Meter von hier fährt eine
Bahn direkt bis zum Hauptbahnhof. Auf, auf!"

Die drei trotteten zur Haltestelle *Uniplatz*, an der bereits zahlreiche Studenten auf die Ankunft der S5 warteten. Sie mussten nicht einmal umsteigen. Innerhalb von zehn Minuten waren sie wieder in der Stadtmitte und stiegen in der Nähe des Bahnhofs aus. Titus zuliebe hatten sie sogar ein Ticket gekauft. Nun konnte die Suche von vorne beginnen.

Chris schaute auf die Uhr. Es war bereits 15:27 Uhr und allmählich begann sein Magen zu rumoren. „Leute, ich will ja nicht die Spaßbremse sein, aber langsam schiebe ich Kohldampf."

„Dass ihr Jungs den ganzen Tag ans Futtern denken müsst! Essen können wir später noch. Wir sollten keine Zeit verlieren, solange es noch hell ist."

„Nur eine Kleinigkeit. Ein Brötchen oder wenigstens ein Eis. Komm schon, Claraleinchen." Chris setzte seinen Hundeblick auf und klimperte mit den Wimpern.

Titus tat es ihm gleich, denn auch sein Magen meldete sich allmählich. „Bitte, bitte."

Clara seufzte laut und schritt in Richtung Bahnhofshalle. „Meinetwegen. Drinnen finden wir sicher was." Sie betraten das imposante Bauwerk und sahen sich staunend um. Der Bahnhof war eines der ältesten Gebäude der Stadt und zugleich eines der schönsten. Die Decke war ein einziges beeindruckendes Kunstwerk, das in mühevoller Kleinarbeit über fünf Jahre lang gegen Mitte des neunzehnten Jahrhunderts gemalt worden war. Die Wände und majestätischen Säulen bestanden aus cremefarbenem Mauerwerk, die riesigen Bodenplatten wirkten wie Granit. Wären nicht die zahlreichen Zeitschriftenhandlungen, Mülleimer, Kioske, Bahnverkaufsschalter, Tabakgeschäfte, Schließfächer und Wegweiser gewesen, hätte das Gebäude auch als gigantische Kirche durchgehen können.

An einem Backstand kaufte sich jeder eine Brezel, dann setzten sie sich auf eine Metallbank in der Mitte der Halle und beobachteten die vielen Menschen, die mit Koffern beladen zu den Gleisen hetzten, nur um am Bahnsteig per Lautsprecher und Hinweistafel mitgeteilt zu bekommen, dass die Bahnen Verspätung hatten und von einem anderen Gleis abfuhren.

Sie schwiegen und kauten genüsslich vor sich hin. Gerade als Titus aufstehen wollte, um sich eine weitere Brezel zu kaufen, stieß Chris ihm seinen Ellenbogen in die Seite.

„Guck mal da."

„Wo?"

„Na da, an dem Zeitungsstand. Der Typ mit dem Kaffeebecher in der Hand."

Titus kniff die Augen zusammen und schaute in die Richtung, die sein Freund ihm wies. Dort stand ein blonder, großer und gut gebauter Mann in rotem Karohemd und Jeans, der gerade dabei war, in seinen Kaffee zu pusten. „Wow! Von Weitem sieht er Alex noch ähnlicher als der Theaterheini. Also, bis auf die Haarfarbe."

„Schnell. Frag ihn."

„Einen Wildfremden am Bahnhof?"

„Welche Wahl hast du denn?" Auch Clara schien die Idee für sinnvoll zu halten. „Versuchen kannst du es doch."

„Ihr habt recht." Die Brezel war auf einmal vergessen. Entschlossen erhob sich Titus und ging mutigen Schrittes auf den Mann zu, der sicherlich bereits Mitte dreißig war, aber für die Rolle des Alex durchaus infrage kam.

Als er ihn erreichte, wollten die Worte aus ihm herausschießen wie Projektile aus einem Maschinengewehr, um diese peinliche Sache so schnell wie möglich hinter sich zu bringen. Da half kein Herumdrucksen oder Zögern.

„Entschuldigen Sie." Titus' Stimme klang gehetzt und kurzatmig, als käme er gerade von einem Marathonlauf. „Wir kennen uns nicht, aber ich bitte Sie, mir nur eine Minute zuzuhören."

Der Mann wollte ansetzen, um etwas zu erwidern, doch sein Gegenüber ließ ihn nicht zu Wort kommen.

„Ich habe vorgestern richtigen Mist gebaut. Es gibt da zwei Typen an meiner Schule, die mich regelmäßig ärgern. Richtige Arschgeigen. Sie verstehen, was ich meine?" Er ließ dem Mann keine Gelegenheit zu antworten. Titus war in diesem Moment wie sein Zahnarzt, der ihn immer mit Fragen bombardierte, während er den Mund voller Geräte hatte und nicht antworten konnte. „Jedenfalls hatte ich es satt, von den beiden verarscht zu werden und habe bei Spacebook eine Person erfunden, die ich *Alex* genannt habe." Seine Stimme überschlug sich fast vor Hektik. Der Mann hatte den Versuch, etwas zu sagen, bereits aufgegeben. „Und weil ich ein Idiot bin, habe ich den beiden eine drohende Nachricht von diesem Profil aus geschickt. Sie hatten mir die Geschichte schon abgekauft und wollten mich in Ruhe lassen, doch dann haben mein Freund Chris und ich alles versaut. Und nun wollen die beiden mir am Montagnachmittag um fünfzehn Uhr die Schnauze polieren, wenn ich nicht mit Alex auftauche. Und weil Alex eine Erfindung ist, suchen wir jetzt das ganze Wochenende nach einer Person, die ihn spielen könnte." Titus atmete laut ein und aus. „Sie haben eine gewisse Ähnlichkeit mit ihm und daher wollte ich Sie fragen, ob Sie sich vorstellen könnten, für einen Nachmittag die Rolle des Alex zu spielen und mich zu retten. Ich könnte Ihnen auch ein bisschen Geld geben. Viel ist es allerdings nicht, aber ich flehe Sie trotzdem an, mir zu helfen."

Der Mann wartete noch einen kleinen Augenblick und nahm einen Schluck seines Kaffees, begriff dann aber, dass seine Chance gekommen war, etwas zu erwidern, ohne dass Titus ihm wieder das Wort abschneiden würde.

„I'm sorry, but I don't speak German. I'm from Sweden. So could you translate what you said in English or Swedish, please?"

Wortlos drehte Titus sich um und ließ einen völlig verdutzten Schweden hinter sich stehen. Er musste all seine Willenskraft aufbringen, um nicht vor Wut und Verzweiflung den ganzen Bahnhof zusammenzubrüllen.

12

„Boah, was macht der Kerl denn da?" Kevin blinzelte von der Samstagnachmittagssonne geblendet in Richtung des großen Vorgartens, in dem Herr Henke neben einem Berg aus Kleinteilen kniete und nach einem bestimmten Gegenstand zu suchen schien. Vor einer halben Stunde war der Einzelteilehaufen noch ein Rasenmäher gewesen und nach allem, was Matthias und Kevin beobachtet hatten, hatte das Gerät auch einwandfrei funktioniert. Dann war Herr Henke während des Mähens abrupt stehen geblieben, hatte das Gerät ausgeschaltet und war in die Garage gegangen, um einen Schraubenzieher und mehrere Schraubenschlüssel zu holen.

„Kein Wunder, dass Titus so ein Freak ist", lachte Matthias. Seit einer Stunde hockten sie auf der Schaukel des Spielplatzes und beobachteten das Grundstück der Henkes auf der gegenüberliegenden Straßenseite, das an drei Seiten von Bäumen begrenzt war. Es war eine ruhige Gegend. Die Häuser standen alle mindestens fünfzig Meter voneinander entfernt und wurden ausnahmslos durch üppige und sehr gepflegte Vorgärten geschmückt. Vereinzelt parkten Autos in den Einfahrten oder an der Straße. Neben dem Haus der Henkes folgten rechts noch drei weitere, bevor sich die Straße in einen Kiesweg verwandelte, welcher nach knapp dreihundert Metern wiederum zu einem Trampelpfad degradiert wurde, der mitten durch weite Felder und Ackerflächen führte. Von Weitem konnten sie das Dröhnen der Mähdrescher hören und der Geruch frisch gemähten Grases wehte leicht zu ihnen herüber.

Die Gegend wirkte friedlich und idyllisch, was Kevin und Matthias jedoch nie voreinander zugegeben hätten. Trotz der Abgeschiedenheit hatten die beiden nur zwanzig Minuten mit dem Fahrrad vom Ortskern bis hierher gebraucht. Sie ahnten, dass zwei unbekannte Jugendliche in dieser Sackgasse schnell auffallen würden, deswegen hatten sie ihre Baseballcaps tief ins Gesicht gezogen und eine Position gewählt, die fast vollständig von den an der Straße gepflanzten Rosskastanien verdeckt wurde.

„Mann, ich hab keinen Bock mehr", meckerte Matthias.

„Der Penner ist nicht da. Lass uns nach Hause fahren."

Kevin stieß einen Fluch aus. Er hatte gehofft, Titus oder noch besser diesen Alex zu Gesicht zu bekommen.

„Eine halbe Stunde noch. Ich will wissen, ob Titus' Kumpel da ist."

Matthias kickte genervt etwas Sand mit seinem Fuß in der Gegend herum.

Die Minuten vergingen und Herr Henke war entweder hoch konzentriert, in einer Meditation oder aber eingeschlafen. Er verharrte gerade im Schneidersitz vor dem Kleinteilehaufen und rührte sich keinen Millimeter.

„Da!" Kevin zeigte mit dem Finger auf die Haustür, aus der gerade Melanie heraustrat. Sie beobachteten, wie das Mädchen kopfschüttelnd an ihrem Vater vorbeiging, irgendetwas sagte und dann die Straße in Richtung Bushaltestelle entlanglief.

„Sollen wir hinterher und sie fragen?"

„Bist du bescheuert?", schnauzte Kevin ihn an. „Dann wissen die, dass wir hier sind und das Haus beobachten."

„Haste Schiss vor ihr?", provozierte Matthias.

„Laber keinen Mist. Ich hab nur keinen Bock, dass sie uns verpfeift. Meine Mutter reißt mir den Kopf ab, diese blöde Bitch!" Wütend dachte er an den Vormittag zurück, als sie ihn zur Schnecke gemacht hatte. Er hatte noch nie erlebt, dass seine Mutter schimpfen, ja sogar brüllen konnte. Heute war sie fast vor Wut explodiert und hatte ihn angeschrien, dass das Fass voll sei und sie sich nicht mehr schützend vor ihn stellen werde und noch zig Dinge mehr, bei denen Kevin schon gar nicht mehr zugehört hatte. Danach war seine Mutter in sein Zimmer hochgestampft, hatte die Playstationstecker aus dem Fernseher gerissen und die Spielekonsole einkassiert. Und zwar „so lange, bis du dein Verhalten änderst und sich nicht mehr ständig Lehrer oder Eltern bei mir beschweren."

Wen sie mit *Eltern* gemeint hatte, konnte Kevin sich denken. Auch wenn seine Opferliste lang war, schwor er Stein und Bein, dass Titus ihn verpfiffen und seine Eltern geschickt hatte. Und dafür wollte er sich rächen.

„Warum sollte der Wichser seine Eltern schicken, wenn er doch diesen Alex hat?" Offenbar hatte Matthias einen seiner wenigen hellen Momente.

„Genau das wundert mich auch. Deswegen glaube ich, dass er uns verarscht."

„Also, ich hab die Schnauze voll. Vielleicht hat dich auch diese Schwuchtel Ferdinand oder eine der anderen Schachspieltunten verpfiffen." Matthias sprang von der Schaukel auf und ging zu seinem Fahrrad.

„Scheißegal! Die krallen wir uns alle noch. Am Montag kriegt aber erst mal Titus ein paar aufs Maul."

„Wenn er alleine auftaucht. Ansonsten..."

Kevin nickte und sprang auch auf. Er hatte ebenfalls keine Lust mehr, Detektiv zu spielen. „Wenn er mit dem Typen auftaucht, ist das Pech. Wenn nicht, gibt's übelst Dresche."

„Und du meinst, der hält dann die Klappe?" Matthias zeigte ihm den Vogel. „Der rennt doch direkt wieder zu seinen Eltern oder zur Schulleitung und dann stehen die wieder bei euch zu Hause. Und dann bekommst *du* die Packung. Und danach auch ich."

Beide setzten sich auf ihre Fahrräder, fuhren aber noch nicht los.

„Nicht, wenn er angefangen hat."

„Hä?" Da war es wieder, das Klingonengesicht.

„Ich gehe am Montag alleine zum Treffpunkt und du versteckst dich hinter den Büschen und filmst uns aus einiger Entfernung mit deinem Handy. Ich sag dem kleinen Pisser, dass er von mir einen Freischlag bekommt. Ich verspreche ihm, dass er meinen Respekt hat und ich ihn in Ruhe lasse, wenn er es schafft, mich einmal mit der Faust am Oberkörper zu treffen."

„Das macht der nie."

„Welche Wahl bleibt ihm denn? Wenn er es versucht und mich trifft, tue ich so, als würde ich fast zusammenbrechen, und verteidige mich. Und dann bekommt er ein paar aufs Maul. Mit dem Video beweisen wir, dass er angefangen hat und ich mich nur gewehrt habe."

„Du meinst, damit kommen wir durch?"

„Was soll passieren? Wir hätten das Video und zwei Aussagen gegen seine Version der Geschichte. Nimm dein altes Handy zum Filmen. Wenn das Video etwas verpixelt ist und du aus der Entfernung filmst, wird niemand erkennen können, dass dieses Weichei mich wahrscheinlich nur leicht berührt haben wird. Danach musst du mir natürlich eine an genau der Stelle verpassen."

„Nee, oder?"

„Klar, ich brauche einen ordentlichen blauen Fleck, damit man uns die Geschichte auf jeden Fall glaubt."

„Manchmal bist du echt ein Psychopath." Matthias schlug ihm als kleinen Vorgeschmack auf die Schulter. „Und wie erklären wir, dass ich mich im Gebüsch versteckt habe, um das Ganze zu filmen?"

„Stimmt. Wenn *du* filmst, ist es zu auffällig. Die wissen sicher, dass wir ihn uns *beide* vorknöpfen wollen." Kevin dachte nach und schnippte plötzlich mit den Fingern. „Idee! Murat soll behaupten, den Film gedreht zu haben. Er soll sagen, er wäre zufällig vorbeigekommen, hätte das Geschrei gehört und dann angefangen zu filmen, weil's krass nach Stress ausgesehen und Titus mich provoziert hätte."

„Wer ist Murat?"

„Kennst du nicht. Dem hab ich ein paarmal Zeug ver-
tickt." Kevin machte eine Geste, als rauche er einen Joint.
„Der schuldet mir noch über sechzig Euro. Außerdem
weiß keiner, dass ich ihn kenne. Also kann er sich als Zeu-
ge ausgeben, der zufällig vorbeigekommen ist und das
Ganze gefilmt hat."

„Ich sag's ja, du bist ein Psycho."

„Aber filmen tust du! Murat soll nur hinterher behaupten,
er wäre es gewesen."

„Psycho!", witzelte Matthias erneut.

„Das kommt davon, wenn man sich mit mir anlegt. Der
Wichser hat mir meine Playstation genommen."

„Fahren wir zu dir?"

„Nee, meine Mutter will dich in der nächsten Zeit nicht
mehr bei uns sehen."

„Mist!" Wütend trat Matthias in die Pedale und spurtete
die Straße entlang. Kevin folgte ihm in der Hoffnung, dass
Herr Henke sie nicht bemerkte. Doch seine Sorge war
schnell verflogen, als er sah, wie dieser noch immer
schweigend und reglos vor dem Teilehaufen saß wie ein
tibetischer Mönch vor einer Buddha-Statue.

13

„Wer möchte noch einen Pfannkuchen?" Rosemarie wanderte mit der heißen Pfanne um den Tisch herum und schaute die drei auffordernd an. „Was ist denn los? Warum seid ihr so ruhig? Ist was passiert?"

„Nein, Oma. Wir sind einfach nur platt von der vielen Lauferei." Clara zwang sich zu einem Lächeln, während die Jungen wortlos auf ihre Teller schauten und ab und zu einen Bissen nahmen.

Die Frustration am Tisch war förmlich greifbar. Stundenlang waren sie durch die Stadt gelaufen, hatten Geschäfte und Kneipen durchstreift, den Marktplatz beobachtet, fünf Bushaltestellen observiert und die Fußgängerzone abgesucht. Sogar in einem Autohandel und einem Krankenhaus waren sie gewesen. Ohne Erfolg. Weit und breit war kein Alex zu sehen gewesen.

Rosemarie stellte die Pfanne zurück auf den Herd. „Ich wäre ja gerne mitgekommen, um euch die Stadt und alle Sehenswürdigkeiten zu zeigen, aber so lange Strecken schaffe ich mit meinen neunundsiebzig Jahren einfach nicht mehr."

„Sie sehen aber noch sehr fit aus", schleimte Titus, um überhaupt irgendetwas zu sagen.

„Ach, mein Junge, im Alter kommen die Probleme schlagartig. Hier ein Wehwehchen und da noch eines. Von Doktor A zu Doktor B. Aber ich will mich nicht beklagen. Solange ich morgens noch aufwache, ist alles in Ordnung." Sie nahm die große Metallkanne und schenkte allen Tee nach.

Titus hatte sich das Altern und Altsein immer viel cooler vorgestellt. Immerhin bekam man als Rentner überall ermäßigten Eintritt, das wusste er von seiner Oma, und ständig wurden einem Sitzplätze angeboten. Man konnte sechs Tage in der Woche die Kassen in den Supermärkten mit Kleingeldabzählen blockieren und man durfte in der Öffentlichkeit furzen, ohne dass sich jemand beschwerte. Aber das Wichtigste war, dass man Idioten wie Matthias und Kevin aus dem Weg gehen konnte, weil einen niemand mehr zur Schule oder zur Arbeit zwang.

„Was habt ihr heute Abend noch vor?"

„Hast du eine Idee, Oma?" Clara wusste genau, was jetzt kam - nämlich das, was alle Rentner liebten: Mensch-ärgere-dich-nicht; der Playstationersatz für alte Menschen. Und da Clara wusste, dass sie ihrer Großmutter damit eine riesige Freude machten, und die Jungs zu erschöpft waren, um zu protestieren, spielten sie insgesamt vier Runden in der guten Stube, von denen Rosemarie alle gewann. Dass sie mindestens zehnmal falsch zählte und heimlich ihre Figuren verschob, ignorierten die drei tapfer. Immerhin war das Heimlich-bei-Brettspielen-Bescheißen ein weiteres Privileg alter Menschen und es gab ein ungeschriebenes Gesetz, das verbot, ihnen dieses Privileg streitig zu machen.

Um zehn Uhr ging Rosemarie ins Bett und auch die drei Freunde begaben sich in den ersten Stock, um in Chris' und Titus' Zimmer eine Nachbesprechung zu halten. Claras Oma hatte ihren Gästen zwar erlaubt, noch in der Stube sitzen zu bleiben, doch wollten sie die alte Frau nicht wecken, wenn sie später die Treppe hochgehen mussten. So saßen die drei gemeinsam im Schneidersitz auf dem Doppelbett und ließen den Tag Revue passieren.

„Essen und Stadt waren geil, die Suche war ein Flop", fasste Chris den Tag salopp zusammen.

„Treffender hätte ich es auch nicht ausdrücken können. Na ja, bis auf das mit der Stadt." An Städte würde Titus sich wohl nie gewöhnen.

„Meine Güte, Jungs, wir haben noch fast den ganzen Sonntag Zeit. Ihr könnt doch nicht jetzt schon aufgeben.

Seid doch mal Männer." Clara dachte kurz nach. „Oder versucht wenigstens, Männer zu imitieren."

„Du bist schon Mann genug, da können wir ruhig die Weicheier spielen." Chris warf ihr ein Kissen ins Gesicht, sodass sie fast rücklings vom Bett fiel. Und weil es so lustig war, schlug er Titus das zweite Kissen an den Kopf, was zu einer wilden Rangelei führte, die erst aufhörte, als Rosemarie nebenan an die Wand klopfte.

„Psst! Meine Oma."

Atemlos und lachend setzten sie sich auf die Bettkante.

„Wo waren wir, ihr Weicheier?"

„Du wolltest uns aufmuntern und uns davon überzeugen, dass alles gut wird. Und wir waren dabei, dich davon zu überzeugen, dass alles in die Grütze geht. Vor allem, weil die Zeit verdammt knapp wird und morgen Sonntag ist. Da ist auf den Straßen weniger los und die meisten Geschäfte haben dicht, was unsere Chancen enorm verringert. Und spätestens um sechzehn Uhr müssen wir wieder zurückfahren, sonst kommen wir nicht mehr rechtzeitig mit den öffentlichen Verkehrsmitteln nach Hause."

„Toll, Chris, du bist eine echte Motivationsdusche."

„Mal Hand aufs Herz." Titus sah ihr starr in die Augen. „Wie schätzt du unsere Chancen ein? Werden wir jemanden finden?"

Claras Blick hielt seinem nicht stand. Ihr Gesichtsausdruck bekam etwas Resignierendes. „Keine Ahnung. Ich weiß es nicht. Natürlich hatte ich auch gehofft, dass wir heute jemanden finden und morgen entspannt nach Hause fahren können."

„Tja, Chance vertan. Der Samstag ist rum." Chris flüsterte es beinahe.

„Noch nicht!"

Die Jungs sahen Clara mit großen Augen an, die schlagartig einen entschlossenen Gesichtsausdruck bekommen hatte. „Noch nicht", wiederholte sie langsam und eindringlich, als wollte sie diesen Worten besonderen Nachdruck verleihen.

„Wie meinst du das?" Titus sah sie irritiert an, während sie mit der linken Hand nachdenklich ihren Unterkiefer massierte.

„Ganz einfach. Wir müssen noch mal los."

„Aber deine Oma...", warf Chris besorgt ein.

„...schläft", beendete Clara den Satz. „Und wir sollten hoffen, dass das so bleibt. Genug rumgemeckert. Wir ziehen noch einmal in die Stadt und suchen weiter. Das heißt, Titus und ich ziehen los."

Chris wollte heftig protestieren, doch Clara ließ ihn nicht zu Wort kommen. „Es geht nicht anders. Ich kenne mich in der Stadt am besten aus. Und dass Titus mitmuss, ist ja wohl selbstverständlich. Einer von uns sollte hierbleiben, um zu kontrollieren, ob meine Oma aufwacht. Denn wenn das der Fall sein sollte, musst du, Chris, ihr eine gute Geschichte auftischen und erklären, warum wir weg sind. Wenn wir nämlich alle verschwunden sind, bekommt sie Panik und ruft am Ende noch die Polizei oder unsere Eltern an."

„Und was soll ich tun, wenn sie es merkt? Sie umboxen?"

„Nein, du Witzbold. Du erzählst ihr einfach, einer von uns hätte seinen Geldbeutel in einem Lokal am Marktplatz liegen gelassen und wir seien los, um ihn zu holen. Danach rufst du uns sofort auf dem Handy an und wir kommen zurück. Alles klar?"

„Na gut." Es klang mehr wie ein enttäuschter Seufzer.

„Gut, dann schleichen wir uns jetzt runter. Aber wir gehen durch den Hintereingang, weil die Haustür viel zu laut quietscht."

„Alles klar." Titus sprang vom Bett und wirkte plötzlich wie das blühende Leben. Neue Hoffnung und der Wille, die Mission noch heute Abend zu beenden, lagen in seinem Blick.

„Mach dich startklar und warte hier auf mich. Ich stelle mich vor Omas Tür und lausche, bis sie eingeschlafen ist. Dann hole ich dich.“

Es dauerte keine Viertelstunde, bis ein dröhnendes Schnarchen den drei Freunden und wahrscheinlich auch den Nachbarn verriet, dass Rosemarie eingeschlafen war. Streng genommen klang es weniger wie ein Schnarchen als vielmehr wie ein paarungswilliger Eber, wie Titus fand.

Die Zimmertür wurde einen Spalt breit geöffnet und Clara gab das Signal zum Aufbruch. Während sie die Treppe elfengleich und beinahe geräuschlos heruntertänzelte, klang Titus' Treppengang, als tanze eine Horde Nilpferde Jumpstyle auf einem alten Dachboden. Die Nilpferde kamen jedoch nicht gegen den Eber im Schlafzimmer an, sodass sie sicher sein konnten, dass Rosi nicht aufwachte.

„Vorsicht!“, zischte Clara, als Titus im unteren Flur ungeschickt gegen ein Schränkchen lief. „Da ist der Hintereingang.“

Mit ausgestreckten Händen tasteten sie sich im Dunkeln behutsam zur Hintertür vor, dessen Glaselemente die milchige Mondsichel schwach hindurchschimmern ließen. Zu ihrer Erleichterung steckte der Schlüssel von innen und ließ sich geräuschlos drehen. Sie schlüpfen nach draußen in den Hinterhof und zogen die Tür leise hinter sich zu. Leichte Schritte verrieten Titus, dass Clara vorausgegangen war. Aber wohin? Vorsichtig machte er ebenfalls einige Schritte, spürte allerdings nach wenigen Metern, dass der Boden verdächtig weich geworden war.

„Titus, wo bist du?", zischte es von irgendwoher.

„Keine Ahnung. Ich bin irgendwo reingetrampelt."

Das Licht einer grellen Handytaschenlampe blendete ihn plötzlich. „Du bist in den Garten gelatscht, du Eimer." Clara stand etwa zehn Meter rechts hinter ihm auf einem schmalen gepflasterten Weg. Anscheinend war sie direkt nach rechts abgebogen, in der Hoffnung, Titus würde ihren Schritten folgen. Stattdessen war er aber munter geradeaus gelaufen und hatte Rosemaries Garten entweiht. Er sah an sich herunter und erkannte, dass er mitten in einem Beet voller Kohlköpfe stand. Clara leuchtete ihm den Weg mit ihrem Handy, während ihr ungeschickter Freund dem Lichtkegel folgte, um den Weg zu erreichen und auf den letzten Metern mit dem Gesicht an einer Wäscheleine hängenzubleiben.

Zum Glück lag Rosis Schlafzimmer zur Straße hinaus. Dafür konnte aber ein amüsierter Chris durch das gekippte Fenster seines Schlafzimmers hören, wie ein fluchender Titus geräuschvoll durch den Garten schlich, gegen irgendetwas knallte, das wie eine Wäschespinne klang, einen Blumentopf umwarf und ein Windspiel in Gang setzte, das klirrend seine Melodie anstimmte. Besorgt öffnete er die Zimmertür und horchte in den Flur, ob Claras Oma wach geworden war. Donnerndes Schnarchen, Röcheln, Räuspern und Weiterschnarchen ließen ihn jedoch beruhigt in sein Bett sinken. An Schlaf war allerdings nicht zu denken.

***

„Nächste Haltestelle: *Kaiserpassage*", kündigte eine monotone Frauenstimme aus einem krächzenden Lautsprecher an, woraufhin die U-Bahn abrupt zum Bremsen ansetzte, sodass einige der Fahrgäste beinahe umfielen und sich an anderen Passagieren festhalten mussten. Hie und da hörte man Flüche oder ein verärgertes „Ey."

Titus war froh, als sie endlich aus der Sardinenbüchse raus waren. An die Enge und die verschwitzte, leicht alkoholgeschwängerte Luft im Inneren einer Straßenbahn in einer Samstagnacht würde er sich niemals gewöhnen. Zweimal waren sie umgestiegen und hatten sich von einer überfüllten und von feierwütigen Jugendlichen eingenommenen Bahn in die nächste gequetscht. Dagegen war der zart nach Urin duftende Bahnsteig an der *Kaiserpassage* fast so etwas wie eine angenehme Abwechslung. Sie stiegen die Treppen der U-Bahnstation hinauf und fanden sich in der Mitte einer gigantischen Promenade wieder, dessen Häuserreihen aus unzähligen Handyläden, Spielhallen, Kneipen, Kiosken, Internetcafés, Ramschläden, Dönerbuden, Clubs und graffitibeschmierten Geschäftshäusern sowie Mietwohnungen bestanden. Dieser Straßenzug galt als Partymeile der Stadt und wirkte wie eine Mischung aus verruchtem, heruntergekommenem *St.-Pauli*-Flair und alternativem Künstlerszenenviertel.

Titus hatte Mühe, sich in der Menschenmenge zu orientieren und Clara nicht aus den Augen zu verlieren. Besoffene Männer- und Frauencliquen, Junggesellinnen- und Junggesellenabschiedsgruppen, Obdachlose, Partytouristen und „Wohoooo"-brüllende Clubgängerinnen gaben sich auf dem großen Platz die Klinke beziehungsweise die Wodka- und Bierflaschen in die Hand. Einen Kontrast dazu bildeten die in Fünfergruppen herummarschierenden Polizeitrupps in blauen Uniformen, denen die beiden geschickt aus dem Weg gingen, da sie nicht genau wussten, wann sie laut Jugendschutzgesetz zu Hause sein mussten.

„Komm!" Clara fasste Titus' Hand und zog ihn durch die Menschenmenge in eine kleinere Seitenstraße, in der sich eine Kneipe an die nächste reihte. Überall saßen Gruppen auf Bierbänken oder Metallstühlen vor den Lokalen und schütteten Bier, Sekt und Mischgetränke in sich hinein. Die Stimmung war ausgelassen und die schwüle, schwere Luft sorgte dafür, dass die Gläser der Nachtschwärmer schnell leer und die Gäste umso schneller voll wurden. Vereinzeltes Gegröle wies darauf hin, dass der ein oder andere sein Limit bereits erreicht hatte, und das Geräusch von lautstarken Diskussionen verriet, dass auch die Türsteher einiger Läden das mitbekommen hatten.

„Lust auf ein Bier?", scherzte Clara.

„Nee, danke. Das letzte Mal ging das voll in die Hose." Schmerzlich dachte er an den folgenschweren Donnerstagabend zurück, an welchem er Matthias und Kevin die verhängnisvolle Nachricht geschickt hatte. „Wo gehen wir eigentlich hin?"

„Keine Ahnung. Wir laufen einfach durch die Straßen und gucken, ob wir eine passende Person finden."

„Eine, die noch ansprechbar ist", ergänzte Titus, während sein Blick auf eine sich umarmende Gruppe von Männern fiel, die hüpfend ein Schalalala-Lied brüllten. „Von den Leuten hier nimmt uns garantiert keiner ernst, wenn wir mit unserer Bitte ankommen."

„Abwarten."

Titus bemerkte, dass Clara noch immer seine Hand hielt, obwohl sie die Seitenstraße mittlerweile passieren konnten, ohne sich durch die Menge zu quetschen. Zu seiner eigenen Überraschung fiel ihm in dem ganzen Trubel auf, wie weich ihre Finger und wie zart ihre Haut waren. Er fühlte sich ertappt, auch wenn er nicht wusste, wobei. Unvermittelt zog er seine Hand weg und hielt sie sich unter dem Vorwand eines Hustens vor den Mund.

Die Seitenstraße schien sich ewig hinzuziehen und die Kneipen wurden einfach nicht weniger, geschweige denn leerer. Tapfer bahnten sie sich ihren Weg durch das Getümmel, als Clara plötzlich vor einem in bunten Farben erleuchteten Lokal stehen blieb, das wie eine Szenekneipe oder ein kleiner Club wirkte.

„Hm."

„Was ist los?" Er sah sie mit zusammengezogenen Augenbrauen an.

„Wir brauchen jemanden mit einer trainierten Figur, einem bösen Blick und am besten noch mit Tätowierungen, richtig?" Clara steckte sich einen Kaugummi in den Mund und begann heftig darauf herumzukauen.

„Das wäre zumindest ein guter Anfang." Titus lehnte den Kaugummi, den seine Freundin ihm anbot, mit einem Kopfschütteln ab.

Clara grinste und zeigte auf den Eingangsbereich des Lokals, vor dem zwei Türsteher patrouillierten, die wie schlecht gelaunte Gorillas in Muscle-Shirts aussahen. Ihre oberschenkeldicken Arme verzierten zahlreiche Tattoos, deren Motive Titus von der Straße aus nicht erkennen konnte, und ihre raspelkurzen, dunklen Haare, die silbernen Ketten und die blinkenden Ringe erweckten den Eindruck, als hätten die beiden einen Dauermietvertrag mit der örtlichen Justizvollzugsanstalt.

„Du meinst... die beiden? Die sollen das machen?" Wie kam Clara nur auf so eine bescheuerte Idee? Sie sah die beiden doch direkt vor sich stehen. War ihr dabei nicht aufgefallen, dass es sich offensichtlich um Südländer handelte, deren Augen- und Hautfarbe der von Alex nicht im Mindesten ähnelte? Auch sonst gab es kaum Ähnlichkeiten. Ebenso gut hätte er den Dalai Lama oder seine Oma zum Treffen schicken können.

„Neihen. Du bist aber auch manchmal begriffsstutzig." Sie verdrehte lachend die Augen und gab ihm einen Knuff auf den Oberarm. „Du könntest fragen, ob die Kollegen haben, die Alex ähnlich sehen."

Mist! Titus hatte gehofft, aus dem Schneider zu sein, denn er wollte nichts lieber, als ein Gespräch mit diesen exotischen Testosteronbomben zu vermeiden.

„Ernsthaft?"

„Ja! Hast du eine bessere Idee? Entweder fragst du jetzt oder du lässt es. Aber wenn du es lässt, will ich kein Genöle mehr hören, weil wir niemanden gefunden haben."

„Scheiße!", zischte Titus wütend und schritt mit zunehmend weicher werdenden Knien in Richtung der zwei Kleiderschränke. In einem Hollywoodfilm wäre ihnen der Oscar für den bösesten Blick in jedem Fall sicher gewesen. Ob die beiden tagsüber auch so in der Gegend rumguckten? Oder war das alles Show für die Passanten? Vielleicht waren sie am Tage fröhliche, breit grinsende Familienväter in Polohemden und Sandalen, die mit ihren Kindern im Minivan in den Freizeitpark fuhren oder mit befreundeten Pärchen Brettspiele spielten. Titus war nur noch drei Meter von ihnen entfernt und konnte sie nun aus der Nähe sehen. Okay, er verwarf seine Gedanken schnell wieder. Von Nahem sahen die beiden aus, als würden sie tagsüber breit grinsende Familienväter in Polohemden und Sandalen verhauen und ihnen danach ihre Minivans klauen.

Clara war Titus hinterhergegangen, stand nun etwa einen Meter hinter ihm und beobachtete das Geschehen.

„Ausweis!", schallte es ihm vom Türsteher entgegen, der rechts stand. Offenbar war das die ortsübliche Begrüßung zu so später Stunde.

„Äh... Ich möchte gar nicht rein."

„Was dann?"

Titus überlegte, was er sagen sollte, konnte jedoch keinen klaren Gedanken fassen, während die zwei türkischen Panzer ihn genervt mit den Augen fixierten.

Es war, als bewegten sich seine Lippen plötzlich von alleine, ohne auf die Informationen des Großhirns zu warten. Und so hörte er sich mit zittriger Stimme stammeln: „Haben Sie vielleicht deutschstämmige und möglichst blauäugige Arbeitskollegen?"

Der Einschlag einer Atombombe hätte ihn in dieser Sekunde nicht stärker schocken können als seine mehr als ungünstig gewählten Worte. Die fünf Sekunden, die ihm seiner Meinung nach noch zum Leben blieben, füllte sein Verstand mit zwei erstaunlichen Erkenntnissen - nämlich erstens, dass man eine inhaltlich korrekte und ernst gemeinte Frage kinderleicht auf lebensbedrohliche Art und Weise formulieren konnte, und zweitens, dass böse Blicke zweier Türsteher noch böser wirkten, wenn ihre Halsschlagadern anschwollen und mit zweihundert Schlägen pro Minute zu pochen begannen.

„Was hast du gerade gesagt? Suchst du Streit, oder was?"
Der linke Kleiderschrank kam einen Schritt auf ihn zu.

„Nein! Ich..."

„Bist du Nazi? Hast du Problem, weil wir keine Kartoffeln
sind? Sind wir Kanaken für dich, oder was?" Auch der
rechte Kleiderschrank kam näher.

„Stopp!" Es klang wie der Einschlag einer Granate; einer
recht schrillen Granate. Clara stand plötzlich neben Titus
und hielt die Hände abwehrend in Richtung der Türsteher,
deren böser Blick einem verdutzten Glotzen wich. „Das
ist ein Missverständnis. Lasst ihn in Ruhe."

„Was Missverständnis?"

„Gebt uns eine Minute, um euch die Situation zu erklären." Sie nickte Titus zu - das Startzeichen für seinen endlosen Monolog, den er mittlerweile im Schlaf beherrschte,
der aber an Emotionalität nichts eingebüßt hatte. Während
die Türsteher der Geschichte lauschten, schauten sie sich
immer wieder an, als könnten sie sich nicht entscheiden,
ob sie das Geschilderte glauben sollten oder nicht. Zumindest die Halsadern schienen wieder zurück in den Körper
zu wandern. Doch schlussendlich waren sich die Männer
einig. „Alter, sei ein Mann und verteidige dich."

„Ja, zeig, dass du Eier hast. Wir können dir nicht helfen."

Titus starrte mit leerem Blick zwischen den beiden hindurch. Sein Gehirn musste die Antworten erst einmal einige Sekunden verarbeiten, bis er verstanden und akzeptiert hatte, dass von den beiden keine Hilfe zu erwarten war.

„Und jetzt macht mal Platz. Da wollen Leute durch", raunzte der linke Türsteher und bedeutete ihnen mit einer abwertenden Handbewegung, dass sie verschwinden sollten.

„Wichtigtuer!"

Hatte Titus sich gerade verhört? Hatte Clara das gerade wirklich zu den Türstehern gesagt? Offenbar ja, denn die Tatsache, dass sie dem linken von beiden ihren Kaugummi auf das Shirt spuckte und „Lauf!" brüllte, machte ihm klar, dass das gerade wirklich passierte. Sie fasste seine Hand und zerrte ihn mit Schwung hinter sich her, während er wie durch einen Schleier hindurch spürte, dass seine Beine sich automatisch in Bewegung setzten und sein Oberkörper irgendwelche Menschen wegstieß. Clara zog ihn rabiat, aber zielstrebig durch die Menge feiernder und flanierender Menschen. Auf einmal hatte ihre Hand gar nichts Weiches und Zerbrechliches mehr. Ein kurzer Blick nach hinten verriet, dass die Türsteher ihnen einige Meter hinterhergerannt waren, aber schließlich gestoppt hatten. Was blieb, war ihr böser Blick, den sie den fliehenden Jugendlichen nachwarfen. *Wenn Blicke töten könnten,* schoss es Titus durch den Kopf.

14

Er lag auf dem Rücken in seinem klapprigen Metallbett und warf den gelben Tennisball mit Schwung gegen die Decke seines kleinen WG-Zimmers. Mit einem hohlen Ploppen prallte der Ball von der Decke ab und fiel wieder zurück in seine Hand. Er warf ihn noch mal. Und noch mal. Er wiederholte es immer und immer wieder, während seine Gedanken, wie fast jeden Abend vor dem Einschlafen, um die letzten Worte kreisten, die sein Vater vor drei Monaten zu ihm gesagt hatte.

„Das ist doch kein Beruf. Damit kann man doch kein Geld verdienen."

Was wusste dieser verkalkte, geldgeile Mann schon davon? Es drehte sich nicht immer alles um Kohle oder Ansehen.

„Aus dir könnte ein grandioser Mediziner werden."

Na und? Warum sollte er? Nur weil sein Vater Chirurg war? Weil sein Bruder Zahnarzt war? Weil seine Mutter Internistin war?

„Schauspielerei! Eine brotlose Kunst ist das, eine Beschäftigung für Rumtreiber, Gammler und Vagabunden."

Gut, dann war er ein Rumtreiber, ein Gammler oder ein Vagabund, aber er war wenigstens glücklich damit.

„Für die Schauspielerei fehlt dir außerdem das gewisse Etwas. Du wirst nie ein überzeugender Darsteller werden. Medizin – das ist es, was dir liegt."

Woher wollte sein Vater, ein Mann, dem seine wissenschaftlichen Publikationen, seine medizinischen Auszeichnungen und sein fachliches Ansehen wichtiger waren als seine eigene Familie, wissen, was *ihm* lag?

„Deine fragwürdigen Dozenten magst du ja mit deinem affigen Getue überzeugen können, aber wir beide wissen, dass du für die Schauspielerei nicht taugst. Du wirst Mediziner!"

Wütend donnerte er den Ball quer durch das Zimmer, wobei er seine Schreibtischlampe vom Tisch fegte, die mit einem lauten Scheppern auf den Boden fiel.

Und ob er dazu taugte! Er war sogar verdammt gut. Er liebte die Schauspielkunst und war einer der Besten seines Jahrgangs. Das hatte er heute wieder einmal auf der Bühne gezeigt und er würde es auch allen anderen beweisen, wenn sein großer Durchbruch kam. Und der würde kommen, da war er sich sicher. Vielleicht nicht von heute auf morgen, okay, aber selbst große Stars wie Brad Pitt hatten ihre Karriere als Statist begonnen und waren in ihren ersten Filmen nicht einmal im Abspann erwähnt worden. „Medizin", sagte er verächtlich und drehte sich auf die Seite, um die Wand anzustarren. Er hätte es seinem Vater sowieso nicht recht machen können; egal wie viele Doktortitel und Ehrenauszeichnungen ihm verliehen worden wären. Er würde immer der Sonderling in der Familie bleiben, der Kreative, der Überlebenskünstler, der unpünktliche In-den-Tag-hinein-Lebende.

Seit drei Monaten herrschte nun schon Funkstille zwischen Dennis und seinem Vater. Der einzige Kontakt, den er seither zu seiner Familie hatte, war zu seiner Mutter, die zwischen seinem Traum, ein Künstler zu werden, und den Plänen ihres Mannes, aus Dennis einen erfolgreichen Mediziner zu machen, hin- und hergerissen war. Ihr und ihrer Hartnäckigkeit hatte Dennis es zu verdanken, dass sein Vater ihm die Studiengebühren und jeden Monat etwas Geld zum Leben überwies, auch wenn er im Vorfeld damit gedroht hatte, sich eher die Hand abzuhacken, als damit Überweisungsträger für eine Schauspielakademie zu unterschreiben. Ob er es dennoch insgeheim aus Liebe tat oder ob er nur Angst hatte, dass sein Sohn die finanzielle Unterstützung für sein Studium einklagen würde, wusste Dennis nicht. In jedem Fall sah sein Vater die Zahlungen an die Akademie als aus dem Fenster geworfenes Geld an.

„Die Medizin rettet Leben. Was tut die Schauspielerei für die Menschen? Wem hilft sie?" Dennis erinnerte sich an das knallrote Gesicht seines Vaters, der mit einem Glas Cognac in der Hand rastlos im Wohnzimmer auf und ab gegangen war und auf ihn eingeredet hatte.

Wem sie half? Was für eine dämliche Frage; vielleicht die dämlichste, die ihm je gestellt worden war.

„Die Schauspielerei ermöglicht eine temporäre Transformation, die sowohl äußerlich als auch innerlich stattfinden kann, aber den Spielenden gleichzeitig die Wahl lässt, eine kritische Haltung zur Figur einzunehmen oder aber vollends in ihr aufzugehen. Sie schafft neue Welten, sie reflektiert und kritisiert das Bestehende und kreiert Raum für das Mögliche sowie das scheinbar Unmögliche. Und außerdem, und das ist wohl das wichtigste Argument für die Schauspielkunst, bereitet sie den Spielenden wie auch den Zuschauern Kurzweile und Freude." So hatte es Professor Gehnert in der ersten Vorlesung des Semesters auf den Punkt gebracht.

Wem die Schauspielerei half? Dennis dachte schlagartig an den armen, verzweifelten Jungen, der ihn heute zusammen mit seinen Freunden nach dem Übungsseminar abgefangen und um Hilfe gebeten hatte. Er verfluchte sich selbst dafür, dass er den Zettel, den der Junge ihm überreicht und auf dem die Handynummer gestanden hatte, nicht hatte annehmen wollen. Warum er so störrisch gewesen war, wusste er selbst nicht. War es das Gefühl gewesen, überfordert zu sein? Oder die Angst davor, die Rolle nicht authentisch genug zu spielen? Aus Gemütlichkeit? Aus Überheblichkeit? Oder hatte er einfach nur keine Lust gehabt?

Was immer es gewesen war – jetzt ärgerte er sich jedenfalls maßlos über sich selbst. Aber er erinnerte sich noch genau an den Ortsnamen, den Tag und die Uhrzeit. Und wenn ihn nicht alles täuschte, lautete der Name des Jungen *Justus* oder *Titus*, oder so ähnlich.

Er dachte wieder an die Frage seines Vaters. Wem die Schauspielerei half?

„Ihm kann sie zum Beispiel helfen, du verbohrter Ignorant", zischte er wütend, während er die Daten, an die er sich erinnerte, auf einen Notizzettel kritzelte.

15

*B*rauchen noch ein bisschen Zeit :-(Hatten
noch kein Glück. Mach dir keine Sorgen um
uns.
Chris lag auf dem Bett und war froh, endlich eine Nachricht von Clara zu bekommen. Seit Stunden versuchte er vergeblich einzuschlafen, da er nicht damit rechnete, dass Rosemarie vor dem Morgengrauen aufwachen würde, doch die Nervosität und die viel zu weiche Matratze ließen ihn nicht zur Ruhe kommen. Hektisch tippte er eine Antwortnachricht in sein Smartphone.

- *Seid vorsichtig.*
- *Sind wir doch immer. Selbst Türsteher können uns*
  nicht aufhalten :-)
Chris verstand den Witz zwar nicht, aber sie würden ihm später schon alles erklären.
- *Wann seid ihr wieder zurück?*
- *Kann noch ein Weilchen dauern. Schläft Oma*
  noch?
Chris stand erneut auf und horchte in den Flur hinein. Durch die Tür des gegenüberliegenden Zimmers waren noch immer schwere Sägegeräusche zu vernehmen.
- *Ja, tief und laut *g**

- Perfekt, halt die Stellung. Wir kommen so schnell
es geht.
- Fahren denn so spät noch Bahnen zurück?
- Nein, wir laufen oder nehmen ein Taxi. Mal
gucken.
- Ok, ich bleibe wach und warte auf euch.
- Danke. Bis später.
- Ciao.

Chris warf sein Smartphone neben sich auf die Matratze und starrte an die Zimmerdecke. Er ärgerte sich, dass er hier in diesem muffigen, alten Zimmer warten musste, während seine Freunde durch die Stadt zogen und irgendeinen Verrückten überreden wollten, eine erfundene Figur zu spielen. Aber was blieb ihnen auch anderes übrig? Hoffentlich kehrten die beiden bald zurück, denn ihm war stinklangweilig und die Minuten kamen ihm wie Stunden vor.

16

ittlerweile war es nach vierundzwanzig Uhr und die Odyssee durch das Nachtleben hatte noch immer keinen Erfolg gebracht. Sie waren stundenlang die gesamte *Kaiserpassage* inklusive aller Nebenstraßen abgelaufen und mindestens sechsmal nach Geld gefragt oder von betrunkenen Halbstarken angepöbelt worden. Dann hatten sie einen Abstecher in die Weststadt gemacht, die ausschließlich aus kleinen Cafés, Bistros und weiß getünchten Altbauhäusern mit Kastenfenstern zu bestehen schien. Bei schwüler Abendluft, die von Pizza-, Calzone- und Pastagerüchen durchzogen gewesen war, hatten auch dort vor jedem Lokal Menschen auf Gartenmöbeln gesessen und den Abend genossen. Allerdings hatten diese Menschen sich mit Worten und nicht mit gegrölten Ur-Lauten unterhalten.

Ihre Suche war aber auch in diesem idyllischen Teil der Stadt erfolglos geblieben, da unter den vielen Künstlern, Studenten, Hippies, Geschäftsleuten und jungen Familien niemand zu erkennen gewesen war, der für die Rolle des Alex infrage kam.

Eine halbe Stunde lang hatten sie sich dann an einem Spielplatz erschöpft mit einem langhaarigen, jungen Mann unterhalten, dessen Zigaretten eigenartig rochen, und waren schließlich in Richtung Bahnhofsgegend gefahren, wo sie den letzten Versuch der heutigen Nacht wagen wollten. Das Bahnhofsgebäude selbst mieden sie, um nicht von den Polizeigruppen einkassiert zu werden, die auf dem Vorplatz patrouillierten und die Obdachlosen und Punks im Auge behielten, welche in Kleingruppen vor dem Gebäude verteilt saßen, Billigbier tranken, im Kanon rülpsten oder ihre Radios aufdrehten. Stattdessen durchstreiften sie wieder einmal die Nebenstraßen, obwohl sie beide ein mulmiges Gefühl hatten. Clara bog rechts ab in die *Seemannsgasse*, die nur aus ranzigen Plattenbauten und noch ranzigeren Trinkhallen zu bestehen schien. Am ranzigsten aber waren die wenigen Leute, die vor den Kneipen herumstanden oder vielmehr herumlungerten. Die meisten waren Frauen in viel zu kurzen Röcken, die auf dem Fußgängerweg standen und vorbeiziehende Männer ansprachen. Die Männer wiederum machten dem Namen der Seitenstraße alle Ehre. Viele hatten ungepflegte Bärte, selbstgestochene Tätowierungen auf den Armen und gingen, alkoholbedingt, als kämen sie gerade von einer dreijährigen Schiffsreise und hätten sich noch nicht wieder an den festen Boden unter ihren Füßen gewöhnt.

„Willst du wirklich da durch?", fragte Titus unsicher.

„Haste Schiss?", fragte Clara mit einem ebenso unsicheren Grinsen.

„Quatsch!", log er, obwohl sie den Nagel auf den Kopf getroffen hatte. „Aber mit diesen Leuten können wir nichts anfangen."

„Mal sehen. Warte hier." Mutig schritt Clara voraus und steuerte auf die erstbeste Frau zu, welche in schwarzem Lederminirock und Tanktop mit Leopardenmuster eine Zigarette rauchte und nach Kundschaft Ausschau hielt. Titus traute seinen Augen nicht. Die beiden unterhielten sich kurz, wobei die Leopardenfrau Clara immer wieder überrascht ansah, dann aber nickte und schließlich mit dem Finger zum Ende der Straße deutete.

Clara drehte sich zu Titus um. „Komm!", rief sie ihm entgegen und winkte ihn mit der Hand zu sich.

„Aber..."

„Nichts aber. Jetzt komm endlich." Widerworte halfen nichts. Sie schien fest entschlossen zu sein.

„Was hast du denn vor?" Titus' Tonfall klang wie eine Mischung aus Sorge und Verärgerung.

„Gleich wirst du es erfahren." Ihre Stimme klang jetzt fast euphorisch. Entweder war sie übermüdet und nicht mehr klar bei Verstand oder aber sie hatte die Lösung für ihr

Problem gefunden. Doch wo um Himmels willen sollte hier eine geeignete Person zu finden sein?

Sie passierten die schmuddeligen Häuserreihen der Straße, wichen Glasscherben und Müll aus und machten große Bögen um einige dubiose Menschen, die ihnen entgegenkamen und aussahen, als hätten die regionalen Gefängnisse *Tag der offenen Tür*. Titus wäre in diesem Moment überall auf der Welt lieber gewesen als hier; selbst ein Fitnessstudio oder ein langweiliges Museumsarchiv erschienen ihm jetzt wie das Paradies auf Erden.

„Auf geht's. Ein letzter Versuch." Jetzt schoss Clara auf eine massige Frau zu, die in einem roten, abgewetzten Spitzenkleid und dazu passenden High Heels auf dem gegenüberliegenden Bürgersteig im Halbdunkeln einer Straßenlaterne stand und mit ihrer brünetten, üppigen Haarpracht spielte.

„Entschuldigung, wir bräuchten Ihre Hilfe."

Was hatte Clara vor? Die Brünette sah beide überrascht und skeptisch von oben bis unten an.

„Sorry, Kleines, aber mit Paaren läuft nichts. Und mit Minderjährigen schon gar nicht."

Warum klang die Frau wie Bud Spencer? Titus schnappte nach Luft. Und wieso hatte sie die Figur eines Baumfällers?

Oh mein Gott, dachte er. *Das ist gar keine Frau.*
Clara schien das wenig zu überraschen. Unbeschwert, als redete sie nach der Sonntagsmesse mit dem Pfarrer, hielt sie ein kleines Schwätzchen mit dem Brünetten und erklärte ihre Situation, ohne auch nur das kleinste Detail zu vergessen. Titus konnte den Vortrag in Gedanken inzwischen auswendig mitsprechen und auch die Gesichtszüge des Zuhörers voraussagen. Er war mittlerweile so etwas wie ein alter Hase im Alex-Casting-Geschäft. Die Antwort des Hulk-Brünetten konnte er sich jetzt schon vorstellen.

„Also, wollten wir Sie fragen, ob Sie sich vorstellen könnten, uns zu helfen", beendete Clara ihren Vortrag.

Titus räusperte sich laut. „Clara, kann ich ganz kurz mit dir sprechen?"

Er zog sie am Arm einige Meter weg und flüsterte: „Ist das dein Ernst?"

„Wieso nicht? Ich schätze mal, der hat schon ganz andere Dinge für Geld gemacht."

„Aber nicht so etwas Beklopptes. Und wie soll ich Matthias und Kevin erklären, warum ich mit einem hundert Kilogramm schweren Mann in Frauenkleidern und Perücke auftauche?"

„Er würde natürlich normale Klamotten anziehen müssen", flüsterte sie leise zurück, in der Hoffnung, dass der

Mann sie nicht hören konnte. „Einen Versuch ist es wert. Bist du dabei?"

„Verdammt!"

„Das deute ich mal als ein Ja."

Sie gingen zurück zu dem verkleideten Mann.

„Und?"

„Kein Problem. Ich mach's."

Die beiden trauten ihren Ohren nicht. Doch bevor sie sich erleichtert in die Arme fallen konnten, ergänzte er: „Fünfhundert Euro."

Weg waren Freude und Erleichterung.

„Was?", schallte es aus einem Munde.

„Kleidung und Make-up, Vorbereitung auf die Rolle, vierzig Kilometer Hinfahrt, Diskussion mit diesen Rabauken, vierzig Kilometer Rückfahrt. Da seid ihr mit fünfhundert Euro noch günstig dabei", brummte der Transvestit.

„Aber so viel haben wir nicht", säuselte Titus mit flehender Stimme.

„Wie viel habt ihr denn?"

„Neunzig!"

„Neunzig? Ihr wollt mich auf den Arm nehmen, oder? Kommt, Kinder, geht nach Hause und treibt euch in Zukunft um diese Uhrzeit nicht mehr in so einer Gegend herum." Die Stimme verriet, dass er keinen Widerspruch duldete und das Gespräch damit beendet war.

Clara zog ihr Handy aus der Tasche und tippte wütend auf dem Display herum.

- *Alles Scheiße. Kommen jetzt zurück.*

***

Zum Glück stellte der Fahrer keine Fragen, als die beiden ins Taxi stiegen und Clara die Anweisung „Zum Brunnen in der Altstadt" gab. Sie waren mit der U-Bahn vom Bahnhofsviertel soweit sie konnten in Richtung Altstadt gefahren. An der Haltestelle *Stadtwerke* war um diese Uhrzeit Endstation, sodass sie gezwungen gewesen waren, die letzten sieben Kilometer mit dem Taxi zu fahren. Der Fahrer, ein kleiner, schlanker Mann mit indischem Aussehen, brauste mit hoher Geschwindigkeit durch die Hauptstraßen, bog schließlich in die Gässchen der Altstadt ein und hielt in der Nähe des großen Brunnens. Clara hielt es für sicherer, dort auszusteigen und die letzten Meter zu laufen, damit eventuell noch wache Nachbarn nicht auf das Taxi aufmerksam wurden, das mitten in der Nacht vor Rosemaries Haus anhielt und zwei Jugendliche aussteigen ließ.

Titus bezahlte den Fahrer und half Clara wie ein Gentleman beim Aussteigen, indem er ihr seine Hand anbot. Das Taxi rauschte davon und ließ die beiden in der Ruhe und Dunkelheit des nächtlichen, leeren Marktplatzes zurück. Die Straßenlaternen brannten nicht mehr, nur einige kleine Trödelläden und Lokale hatten ihre Nachtbeleuchtung eingeschaltet.

Clara lief die paar Meter zum Brunnen hinüber, setzte sich auf den Rand und klopfte auf den rechten Platz neben sich, um Titus aufzufordern, ihr Gesellschaft zu leisten. Keinem war nach Reden zumute. Sie saßen einfach da, schwiegen und schauten in den leicht wolkigen Himmel, der vom milchig-weißen Vollmond erhellt wurde, welcher den Marktplatz in ein mystisches Licht tauchte. Die Minuten vergingen und es war, als wäre die Zeit in einer Sekunde der Sorglosigkeit stehen geblieben; als saugte die lauwarme Nacht all die Strapazen und Enttäuschungen des Tages in sich auf, um sie für immer hinter dem Mond verschwinden zu lassen. Und plötzlich spürte er wieder ihre Hand auf seiner und es fühlte sich zum ersten Mal seltsam vertraut an. Erst nach einer Viertelstunde durchbrach Titus' leise, fast bedächtige Stimme die Nacht.

„Es tut mir so leid."

Sie hörte die Worte, ohne sich zu ihm zu drehen, auch wenn sie nicht auf Anhieb verstand, wovon er sprach. Sie starrte einfach hinauf in den Nachthimmel und fixierte den Mond.

„Ich war ein solcher Vollidiot. Ich wollte ein cooler Typ mit vielen coolen Freunden sein, vor dem Leute wie Matthias und Kevin Respekt haben." Er schüttelte fassungslos den Kopf. „Ich habe mich von dieser Vorstellung völlig mitreißen lassen, ohne eine Sekunde nachzudenken. Und dabei habe ich übersehen, dass ich bereits die besten und coolsten Freunde der Welt habe. Ich bin euch so dankbar, dass ihr das alles mit mir durchmacht. Ich wüsste nicht, was ich ohne euch tun sollte."

Clara reagierte nicht und starrte weiter in den Himmel, als habe sie seine Worte nicht gehört. Sie wirkte leicht nervös und Titus konnte spüren, wie ihre Hand allmählich zu schwitzen begann. Er drehte sich fragend zu ihr um.

„Clara?"

Sie atmete hörbar ein und aus, als bereite sie sich auf etwas Großes vor, drehte ihm unvermittelt das Gesicht zu und flüsterte: „Nein, ich danke dir."

Plötzlich, ohne dass Titus es kommen sah, berührten ihre Lippen die seinen und er spürte ihren zarten Mund und ihre weiche Zunge, während sie die Augen geschlossen hielt. Sein Puls schoss mit der Schubkraft einer Rakete in die Höhe und seine Atmung beschleunigte sich. *Mein erster Kuss!* Er konnte es nicht glauben. Es war ein völlig fremdes und ebenso schönes Gefühl, das er sich nicht einmal im Traum hatte ausmalen können. Nach wenigen Sekunden wurde er lockerer, schloss ebenfalls die Augen und erwiderte den Kuss. Ob er alles richtig machte, wusste er nicht, aber die Tatsache, dass Clara nicht aufhörte und ihre Finger über seinen Unterarm gleiten ließ, war ein gutes Zeichen.

Egal wie viel Ärger und welche Anstrengungen Alex ihm eingebrockt hatte, dieser Moment entschädigte alles. *Alexander der Große* hatte das Herz seiner *Roxane* und sein Erster Offizier nun das der schönen Clara erobert. Sollte er den Krieg am Montag verlieren, so hatte er doch wenigstens diesen einzigartigen Augenblick gewonnen. Und den konnten ihm auch seine Rivalen nicht mehr nehmen.

17

„M eine Güte, habt ihr denn gar nicht geschlafen heute Nacht?" Rosemarie schaute
am Frühstückstisch besorgt in die Runde.
„Sind die Matratzen zu weich?"

„Nein, Oma, die Matratzen sind super. Wir haben einfach
nur schlecht geschlafen", flunkerte Clara, die mit dicken
Augenrändern und trübem Blick vor ihrem Teller saß. Titus sah nicht besser aus. Rosi befürchtete, dass er jeden
Moment mit dem Gesicht in sein Marmeladenbrot fallen
würde. Der Einzige der drei, der nicht aussah wie eine
Moorleiche, war Chris, der sich gerade genüsslich schmatzend den Rest seiner vierten Scheibe Brot in den Mund
schob und sich insgeheim freute, nicht die halbe Nacht
durch die Stadt gelaufen zu sein.

Um halb drei waren Titus und Clara wieder ins Haus geschlichen, ohne dass Rosemarie etwas mitbekommen hatte. Dann waren sie in das Jungenzimmer getigert und hatten den leicht grunzenden Chris aus dem Schlaf gerissen,
um ihm die wichtigsten Ereignisse zu erzählen und die
weiteren Schritte zu planen. Gegen halb vier war Clara
dann rüber in ihr Bett gegangen. Titus hatte die Gelegenheit genutzt und noch ein Vieraugengespräch mit Chris

geführt, in welchem er ihm die gleichen Dinge gesagt hatte wie kurz zuvor Clara am Brunnen. Zum Glück hatte sein Kumpel nicht mit einem Kuss reagiert, sondern mit einem „Kein Thema. Dafür hat man Freunde" und einem Highfive. Danach waren sie todmüde ins Bett gefallen und sofort eingeschlafen, um wenige Stunden später von Claras Oma aufgeweckt zu werden, die das Frühstück vorbereitet hatte.

„Und was habt ihr heute noch vor?"

„Wir starten direkt nach dem Frühstück, gucken uns noch ein paar Dinge in der Stadt an und fahren dann vom Busbahnhof aus nach Hause." Clara trank einen Schluck schwarzen Tee, in der Hoffnung, dass das Teein möglichst schnell wirkte. Nachdem sie die Tasse wieder abgesetzt hatte, sah sie kurz zu Titus herüber. Ihre Blicke trafen sich, schossen dann jedoch blitzschnell in verschiedene Richtungen. Ein merkwürdiges Gefühl der Peinlichkeit hatte die Romantik der vorherigen Nacht mittlerweile verdrängt, sodass sie außer einem kurzen „Morgen!" noch kein Wort miteinander geredet hatten.

Scheiß Hollywood-Filme, fluchte Clara in sich hinein. Am Ende eines jeden Ami-Streifens gab es immer einen schnulzigen Schluss mit Kussszene und schmalziger Musik, während im Hintergrund eine riesige USA-Flagge dem Zuschauer verdeutlichen sollte, dass die Welt gerettet war. So einen Hollywoodkuss hatte sie sich insgeheim immer gewünscht. Doch die peinliche Stimmung am nächsten Morgen und die zerknautschten Gesichter der Liebenden, die nur vier Stunden geschlafen hatten, zeigten diese Filme natürlich nicht.

Das Frühstück verlief fast schweigend, bis auf die mehrfachen Aufforderungen Rosemaries, sich Brote als Wegration zu schmieren, damit die drei unterwegs nicht verhungerten.

„Ist alles okay?", fragte Chris, als er und Titus in ihrem Zimmer waren und die Rucksäcke für die Abreise packten.

„Wieso?"

„Weil ihr euch so komisch verhaltet."

Anscheinend war Chris aufmerksamer, als Titus erwartet hatte.

„Jo, alles in Ordnung. Wir sind einfach nur müde."

„Aha!" Es klang nicht sehr überzeugt, aber er beließ es erst einmal dabei.

Der Abschied bestand aus herzlichen Umarmungen und schlabberigen Küssen auf die Wange. Rosi knuddelte die drei immer wieder, als zögen sie geradewegs in den Krieg.

„Es war schön, wieder einmal so viele Menschen im Haus zu haben. Ihr müsst mir versprechen, mich mal wieder zu besuchen."

„Versprochen, Oma."

Sie bedankten sich erneut für die Gastfreundschaft, schulterten ihre Rucksäcke und liefen dann über den schmalen Weg durch den Rosenbogen hindurch bis zur Straße. Dort bogen sie nach rechts ab und schlenderten in Richtung Marktplatz, während die morgendliche Sonne ihnen bereits kräftig in den Nacken schien.

In der Altstadt war einiges los. Familien und Pärchen saßen in oder vor den Bäckereien und Cafés und frühstückten gemütlich. Überall war das Geräusch von klirrendem Besteck und Tellern zu hören und es roch herrlich nach Kaffee.

„Wo geht's jetzt hin?", fragte Chris.

„Wir fahren noch mal ins Zentrum und sehen uns um."

Allmählich wurde Clara fit und ihr Gesicht bekam eine lebendigere Farbe. Titus dagegen wirkte noch immer wie ein Zombie mit Rucksack. Selbst das Schwarzfahren machte ihm nichts mehr aus, als sie in der Bahn saßen und in Richtung Zentrum fuhren.

In der Stadtmitte angekommen liefen sie ziel- und planlos die Hauptpassagen und kleinen Nebenstraßen ab und schauten schweigend die Menschen an, die an diesem Sonntagmorgen hier herumflanierten. Obwohl es deutlich weniger waren als am Vortag, war der große *Friedrichsplatz* dennoch gut besucht. Passanten kreuzten ihren Weg, einige Skater sprangen mit ihren Boards über Geländer und Mauervorsprünge, zwei Obdachlose lagen schlafend im Eingangsbereich einer Bankfiliale und ein Geigenspieler fiedelte quietschend eine schiefe Melodie, die wohl die *Ode an die Freude* von Beethoven sein sollte, aber mehr wie eine Ode des Ohrenschmerzes klang.

Sie liefen einmal quer über den großen Platz und hielten Ausschau nach einem Alex. Etwa in der Mitte stand ein großer, hagerer Mann in weißem Hemd und schwarzer Stoffhose an einem Klapptisch, auf welchem Berge von dünnen Heften lagen. Ein riesiger Schirm, der einen Durchmesser von über zwei Meter haben musste, schützte ihn vor der Sonne.

„Na, ihr drei. Habt ihr euch auch schon mal gefragt, wo Gott in eurem Leben ist?"

Sie fuhren erschrocken herum. Sie waren derart in die Suche nach einem geeigneten Kandidaten vertieft gewesen, dass sie den grinsenden Mann zwar zur Kenntnis genommen, aber im gleichen Moment wieder ausgeblendet hatten.

„Wie bitte?" Titus wollte Zeit gewinnen und überlegte, was die richtige Antwort sein könnte, um möglichst schnell weitergehen zu können.

„Ja, jeden Tag", scherzte Chris und versuchte ein ernstes Gesicht aufzusetzen.

„Dann hättet ihr vielleicht Lust, ein wenig hier drin zu lesen." Er reichte ihnen drei gleiche Prospekte, auf denen in großen, goldenen Buchstaben *Gemeinde der Auferstandenen und Wiedergeborenen* zu lesen war. „Vielleicht möchtet ihr uns ja auch mal in unseren Seminarräumen besuchen und über euren Glauben oder eure Wiedergeburt reden." Der Mann setzte sein schleimigstes Lächeln auf. „Ihr könnt euch auch hier eintragen." Er zeigte auf eine Liste. „Dann kontaktieren wir euch, um einen Termin auszumachen und euch Infomaterial zu schicken."

Titus und Chris überlegten fieberhaft, wie sie wieder aus der Nummer rauskommen sollten.

„Gute Idee!", hörten sie Clara zu ihrem Schrecken sagen. „Wir treten Ihrem Auferstandenenclub bei, aber vorher müssen Sie uns noch einen Gefallen tun; vorausgesetzt, Sie haben ein großes, blauäugiges Mitglied in Ihrer Gemeinde. Am besten mit Tätowierung." Und während sie lossprudelte und von dem Plan der drei Freunde erzählte, wich das Mustergrinsen des Mannes einem fassungslosen Gesichtsausdruck.

„Also, was sagen Sie?"

Sein Blick wanderte ungläubig von Teenager zu Teenager und das Einzige, was er noch zu sagen hatte, war ein flehendes „Bitte, geht weg."

Offenbar galt das mit der Nächstenliebe und der Hilfsbereitschaft nicht für Notfälle durch erfundene Onlineprofile und so zogen sie weiter durch das Zentrum.

Sie schlenderten von Straße zu Straße und von Kreuzung zu Kreuzung, ohne zu wissen, wohin genau sie liefen. Auf ihrem Weg trafen sich Claras und Titus' Blicke immer wieder für eine Millisekunde, woraufhin beide verschüchtert und peinlich berührt wegschauten. Irgendwann, als beide abermals vor Scheu den Blickkontakt zu vermeiden versuchten, fing Clara unvermittelt an zu kichern. Sie konnte einfach nicht aufhören, egal wie sehr sie sich auch zwang. Titus ging es nicht anders und so wurde aus dem Kichern ein lautstarkes Lachen, das beiden die Tränen in die Augen schießen ließ. Die Absurdität dieses Moments, die Strapazen der letzten Tage und die Erfolglosigkeit ihrer Suche – alles entlud sich in einem ohrenbetäubenden Lachkonzert. Und es war den beiden völlig egal, dass sich Passanten verwirrt und amüsiert zu ihnen umdrehten, lachten oder die Köpfe schüttelten. Sie fühlten sich, als wären sie ganz alleine auf diesem großen Gelände, so als könne niemand sie hören. Chris starrte seine Freunde mit aufgerissenen Augen an und verstand die Welt nicht mehr.

„Was ist denn los?"

Clara und Titus rangen nach Luft und wischten sich die Tränen ab. Ihre Gesichter waren knallrot angelaufen und die Bauchmuskeln taten ihnen weh.

„Das ist ein Insider zwischen Clara und mir."

„Na toll! Grenzt mich ruhig aus", schmollte Chris und stampfte voraus.

„Nein, so ist das doch gar nicht", versuchte Clara zu beschwichtigen.

„Lass man. Der beruhigt sich gleich wieder", flüsterte Titus ihr zu. Er wusste, dass Chris nicht lange beleidigt sein würde und manchmal gerne ein bisschen theatralisch wurde, wenn er sich vernachlässigt fühlte.

Sie durchstreiften die Fußgängerzone am *Domplatz* und passierten die zahlreichen Geschäfte, von denen fast alle geschlossen hatten. Der viele Müll, der auf dem Boden lag, zeugte vom Treiben der vergangenen Nacht und zwischen Mülleimern und Parkbänken stolzierten Tauben herum, die sich um Essensreste stritten.

„Okay, gehen wir wieder zurück zur *Kaiserpassage*. Hier ist kaum jemand." Offenbar war Chris nicht mehr sauer, auch wenn sein Tonfall verriet, dass er noch ein wenig nachschmollte.

„Warte mal!" Clara kniff die Augen zusammen und zeigte auf ein riesiges Werbebanner mit der Aufschrift *Bodycheck Fitnessstudio – in 50 Metern rechts*, das an einer Hausfassade angebracht war.

„Willst du trainieren gehen?", fragte Titus.

„Nein, aber die Chancen stehen nicht schlecht, dort jemanden mit Alex' Statur zu finden. Außerdem haben Fitnessstudios fast immer auch sonntags geöffnet. Und allzu viel Auswahl haben wir heute nicht."

Das leuchtete auch den Jungen ein.

„Gute Idee." Chris war wieder bester Laune und setzte sich als Erster in Bewegung.

Das Fitnessstudio war ein zweistöckiges Gebäude mit einer Fassade aus roten Klinkersteinen. Durch die riesigen, leicht abgedunkelten Schaufenster im Erdgeschoss konnten sie einige Frauen auf Spinningbikes erkennen, die in Leggings und Sportoberteilen um ihr Leben zu strampeln schienen. Weiter hinten standen Laufbänder und Stepper, auf denen Männer und Frauen mit Kopfhörern munter vor sich hin galoppierten.

„Spanner!" Clara gab Chris einen Klaps auf den Hinterkopf, welcher sich verlegen grinsend eingestehen musste, dass er den Frauen auf den Fahrrädern wohl etwas zu auffällig zugesehen hatte.

„Was jetzt, meine Herren?"

Chris verdrehte die Augen. „Wir gehen rein. Was sonst?"

„Okay, Einstein, und was sagst du dem Personal? Du kannst da nicht einfach reinmarschieren und mal eben den Laden durchsuchen, wenn du kein Mitglied bist."

Titus hatte eine Idee. „Wir können ja behaupten, dass wir uns für eine Mitgliedschaft interessieren und gerne erst einmal reinschnuppern möchten."

„Super!" Chris war begeistert.

„Nicht super!" Clara war es offensichtlich nicht. „Guckt euch mal unsere Klamotten an. Du trägst lange Jeans und nagelneue Sneakers, Titus Cargoshorts und Polohemd und ich ein Sommerkleid mit Sandalen. Die kaufen uns doch niemals ab, dass wir hier mal *reinschnuppern* wollen, denn dann hätten wir ja wohl Sportsachen dabei."

Chris stöhnte. „Mist! Und was nun?"

„Einer von uns muss da rein und sich auch oben umgucken. Im Erdgeschoss sind nur Ausdauergeräte, wahrscheinlich sind die Kraftsportler im ersten Stock." Clara dachte kurz nach und musste plötzlich grinsen.

„Was ist denn so lustig? Oder darf ich das wieder nicht erfahren?"

„Tut mir leid. Ich wollte nicht lachen, aber..." Die Vorstellung war einfach zu lustig. Sie räusperte sich. „Chris, du hast doch deine Radlerhose im Rucksack, die du gestern getragen hast."

„Ja, logisch. Wieso?"

Sie machte eine Kopfbewegung in Titus' Richtung, welcher sofort lauthals protestierte. „Nein, vergiss es. Die ziehe ich nicht an."

„Hast du vielleicht eine bessere Idee?"

„Warum geht Chris nicht rein? Dem passt seine Hose wenigstens."

„Weil nur *du* beurteilen kannst, wer für deinen Auftritt morgen infrage kommt. *Du* musst doch den passenden Alex aussuchen", argumentierte Clara.

„Und warum warten wir nicht, bis die Leute rauskommen?" Verzweifelt versuchte Titus, der engen Radlerhose zu entgehen.

„Das kann Stunden dauern und wir müssen in", sie schaute auf ihre Armbanduhr „spätestens zweieinhalb Stunden am Busbahnhof sein. Außerdem wissen wir ja nicht einmal, ob jemand Passendes drinnen ist."

Titus fluchte, als Chris in seinem Rucksack wühlte und dabei versuchte, ein Lachen zu unterdrücken. „Voilà!" Er hielt seinem Freund das gute Stück entgegen.

Alles Lamentieren und Meckern nützte nichts, er musste sich geschlagen geben. „Das Polohemd lass ich aber an", schnauzte Titus, während er hinter eine Hausecke verschwand und sich in die Radlerhose quetschte, die mindestens zwei Nummern zu klein für ihn war. Es fühlte sich an, als würden seine Beine und alles, was dazwischen baumelte, jeden Augenblick absterben. Er war sich sicher, dass das keine fünf Minuten gut gehen konnte. Entweder würde die Hose bald reißen oder aber wie ein überfüllter Luftballon von seinem Körper abplatzen. Oben quollen der Bauch und unten die Knie heraus, sodass er aussah wie eine Presswurst im Radlerhosendarm.

„Ist doch eigentlich ganz hübsch", log Chris, als Titus wieder um die Ecke kam, doch sein verkrampfter Mund und seine zuckende Nase verrieten, dass er mit aller Kraft gegen einen Lachanfall ankämpfte.

„Jaja, du mich auch." Steif wie eine Holzpuppe schlurfte Titus auf die Tür des Fitnessstudios zu, während seine Oberschenkel aneinanderrieben und dabei Geräusche erzeugten, welche klangen, als würden zwei Ferkel um die Wette quieken. Er öffnete die Eingangstür und verschwand im Inneren des Gebäudes. Für kurze Zeit drang Popmusik nach draußen, bis die Tür hinter ihm wieder geräuschvoll ins Schloss fiel. Seine Freunde konnten von außen beobachten, wie er an einen Tresen im Foyerbereich ging, wo ihn eine junge, blonde Frau mit großen Augen ansah und sich schließlich zu einem schiefen Lächeln zwang. Sie unterhielten sich fünf Minuten, in denen die Frau einige Male nickte und schließlich energisch den Kopf schüttelte. Einige der Trainierenden schauten zu Titus herüber, als er mit der Empfangsdame sprach, wobei eine der Frauen beim Anblick der engen Radlerhose beinahe vom Stepper gefallen wäre.

Schließlich drehte Titus sich um und kehrte zu seinen Freunden zurück.

„Und?", fragte Chris gespannt.

„Die dürfen meine Daten nicht aufnehmen, weil ich erst vierzehn bin und die eine Genehmigung meiner Eltern wollen. Vorher lassen die mich auch nicht in die Trainingsräume."

„Dann war dein sexy Outfit also umsonst?", scherzte Clara, obwohl ihr nicht nach Witzen zumute war.

„Tja, Leute, das war es dann wohl. Ich muss erst mal aus dieser Hose raus." Wieder verschwand Titus um die Ecke. Ein flutschendes Geräusch und ein herzhaft gestöhntes

„Aaaah!" zeugten davon, dass Titus seinen malträtierten Unterleib aus der Hose des Grauens befreit hatte. Er schlüpfte wieder in seine bequemen Cargoshorts.

„Lasst uns nach Hause fahren. Es hat keinen Sinn, hier weiter rumzustehen und wahllos durch die Stadt zu irren." Chris schulterte seinen Rucksack und blickte die anderen auffordernd an.

„Nichts überstürzen. Wir haben noch über zwei Stunden Zeit."

„Komm schon, Clara, das bringt doch nichts. Das ist reine Zeitverschwendung. Oder meinst du, es kommt in diesem Augenblick zufällig ein trainierter, circa dreißigjähriger, dunkelhaariger Mann um die Ecke gelaufen?"

Zufällig kam in diesem Augenblick ein trainierter, circa dreißigjähriger, dunkelhaariger Mann um die Ecke gelaufen. Er trug einen schwarzen Jogginganzug und weiße Sportschuhe. Seine Sporttasche hatte er lässig über die Schulter geworfen. Er ging zielstrebig auf die Glastür des Fitnessstudios zu.

Titus reagierte sofort. „Entschuldigung, dürfen wir Sie kurz stören?" Der Mann blieb stehen und sah die drei leicht genervt an.

„Was ist los?"

Titus begann, seine Geschichte zu erzählen, doch als der Mann verstanden hatte, worum die drei ihn bitten wollten, schüttelte er den Kopf und sagte: „Verarschen kann ich mich alleine." Mit diesen Worten riss er die Eingangstür des Studios auf und verschwand im Inneren des Gebäudes.

„Wie gewonnen, so zerronnen, bemerkte Clara und fasste bereits den nächsten Kandidaten ins Auge, welcher geradewegs auf das Studio zusteuerte. „Glück gehabt. Neuer Versuch."

Titus folgte ihrem Blick und erschrak. Der Mann, der da auf sie zulief, musste mindestens 1,95 Meter groß und beinahe genauso breit sein. Er war etwa Mitte dreißig, hatte eine Glatze und sein linker Arm, der ebenso wie der rechte den Umfang eines ausgewachsenen Oberschenkels haben musste, war komplett tätowiert.

„Ist das dein Ernst?", fragte Titus ungläubig. Der Mann war noch etwa zwanzig Meter von ihnen entfernt und kam mit großen Schritten näher.

„Wieso nicht?", antwortete Clara gelassen.

„Weil der aussieht wie ein Massenmörder. Außerdem hat der eine Glatze."

„Und?"

„Und Alex hat kurze, schwarze Haare."

Dann hat er sich die eben abrasiert. Komm schon, die wissen doch eh nicht mehr so genau, wie Alex aussieht. Außerdem macht der Kerl echt Eindruck." Clara warf ihm einen aufmunternden Blick zu.

Sie warteten, bis der Koloss auf ihrer Höhe war, doch Titus brachte keinen Ton heraus. Der Mann hatte die Tür beinahe erreicht und gerade als Chris einspringen wollte, gab sich Titus einen Ruck. „Entschuldigen Sie. Haben Sie eine Minute Zeit für mich? Ich brauche Ihre Hilfe."

Der Mann drehte sich langsam zu ihnen um und sein störrischer Gesichtsausdruck machte einem zugänglichen Lächeln Platz. „Klar. Was gibt's denn?" Seine bassige Stimme hatte etwas Freundliches, sogar Warmes, und schien gar nicht zu seinem Äußeren zu passen.

„Das wird Ihnen vielleicht komisch vorkommen, aber wir sind auf einer ganz speziellen Suche. Ich möchte es Ihnen kurz erklären."

Der Hüne lauschte den Worten mit großem Interesse, nickte hie und da und verzog immer wieder überrascht das Gesicht. Er ließ Titus in aller Ruhe aussprechen und ihn die entscheidende Frage stellen: „Könnten Sie sich vorstellen, mir zu helfen und am Montag gegen Viertel nach zwei an der Turnhalle der Gemeinschaftsschule in *Stettenau* zu sein? Wir könnten Ihnen dafür", Titus rechnete die Kosten der gestrigen Taxifahrt von ihren Ersparnissen ab, „siebzig Euro geben."

Der Mann kratzte sich an der Stirn – wohl, um Zeit zu gewinnen - und seufzte dann laut. „Weißt du, ich kapiere dein Problem und ich kann verstehen, wie beschissen es dir geht, aber ich denke nicht, dass das eine gute Idee ist."

„Aber..."

„Du hast die ganze Geschichte mit einer Lüge begonnen und du solltest nicht versuchen, sie mit einer Lüge zu beenden. Das kann auf die Dauer nicht gut gehen."

Titus hatte keine Lust, eine Diskussion anzufangen. Er wusste, dass das nichts brachte. Das hatte er in den vergangenen vierundzwanzig Stunden gelernt.

„Okay, schade. Danke, dass Sie sich die Zeit genommen haben", sagte er niedergeschlagen. „Darf ich Ihnen trotzdem diesen Zettel geben? Nur für den Fall, dass Sie es sich anders überlegen. Da stehen mein Name, der Treffpunkt, die Uhrzeit und meine Nummer drauf."

Der Mann nahm den Zettel und las ihn konzentriert. „Titus! Ein sehr schöner Name. Wie der römische Kaiser."

„Genau."

„Dann haben wir was gemeinsam", lachte er. „Ich heiße Claudius. Ebenfalls wie der römische Kaiser."

Titus nahm es mit einem Nicken zur Kenntnis und es entstand ein unangenehmes Schweigen, das nur wenige Sekunden andauerte, aber sich wie Minuten anfühlte.

Claudius räusperte sich und blickte nacheinander in die enttäuschten Gesichter der drei Jugendlichen. „Es tut mir leid, aber den werde ich wohl nicht brauchen." Dennoch steckte er den Zettel vorerst in seine Hosentasche. „Ich wünsche dir viel Glück für morgen. Sei einfach du selbst, dann wird schon alles gut werden." Er klopfte ihm auf die Schulter und wandte sich zum Gehen.

Titus wusste nicht, was ihn wütender machte: Claudius' letzter Satz, der wie aus einem Glückskeks klang, oder aber die Tatsache, dass seine letzte Hoffnung gerade vor ihren Augen in ein Fitnessstudio verschwand.

18

Die Rückfahrt verlief schweigend. Keiner hatte Lust, etwas zu sagen; zu deprimierend war das Resultat ihrer eineinhalbtägigen Suche im Großstadt-dschungel.

Der Busfahrer war derselbe, mit dem sie am Tag zuvor hingefahren waren, und auch sein Fahrstil hatte sich seither nicht verändert. Es gab nur den kleinen Unterschied, dass heute Sonntag und damit wenig Verkehr auf den Straßen war, was ihm umso mehr Gelegenheit gab, die Geschwindigkeitsbegrenzungen zu ignorieren.

Die drei hingen ihren Gedanken nach, während sie in der letzten Reihe des fast leeren Busses saßen und durch die Dörfer düsten. Sie blickten aus den Fenstern auf die vorbeischießende Landschaft und dachten an die vielen Erlebnisse und all die interessanten, verrückten, besoffenen, freundlichen oder überraschten Menschen, denen sie seit gestern begegnet waren und denen sie ihre merkwürdige Geschichte erzählt hatten.

Als habe Chris die Gedanken der anderen gelesen, quakte er plötzlich im Tonfall des Akademiedozenten: „Üben Sie, um Himmels willen, üben Sie." Es folge ein weiches, fast mädchenhaftes Klatschen. „Bravo, Bravissimo!"

Clara und Titus begannen zu schmunzeln.

„Willkommen bei den Wiedergeborenen, meine Brüder und Schwestern." Clara traf die Stimme sehr überzeugend.

Titus streckte die Ellenbogen seitlich aus, als hätte er die Schultern eines Bodybuilders. „Verarschen kann ich mich alleine", brummte er mit finsterer Miene, während ihnen allmählich die Lachtränen in die Augen schossen.

Chris übernahm mit bassiger Stimme: „Du solltest die Geschichte nicht mit einer Lüge beenden."

„Das sind keine Strumpfhosen, du Banause", fiel Clara mit absichtlich viel zu hoher Stimme in das Gelächter ein.

Jetzt war Titus wieder dran. „Bist du Nazi? Hast du Problem?"

„No, sorry, I'm from Sweden, Mr. Türsteher", antwortete Chris.

„Sorry, Kleines, aber mit Paaren läuft nichts", brummte Clara in der Stimmlage der männlichen Brünetten, während sie sich mit gespielt eingebildetem Blick durch die Haare fuhr.

Sie rangen nach Luft und schlugen sich auf die Schenkel, während vereinzelt Tränen über ihre Gesichter rannen.

Um kurz vor achtzehn Uhr erreichten sie die Endstation und stiegen aus.

„Wollen wir uns noch kurz in den Park setzen?", fragte Titus. Die anderen merkten, dass er noch nicht nach Hause wollte, um dort auf den nächsten Tag zu warten, der nichts Gutes zu versprechen schien.

„Sicher!" Clara nickte ihm lächelnd zu.

Sie holten ihre Fahrräder und schoben sie in Richtung Parkanlage, die für einen Sonntagabend erstaunlich leer war. Dort gab es einen kleinen Teich mit Enten, die regelmäßig von Passanten mit Brot vollgestopft wurden. Sie setzten sich auf eine der Holzbänke und schauten den Enten eine ganze Weile lang zu, wie sie schnatternd über die Wasserfläche glitten.

„Danke, dass ihr mir geholfen habt." Titus drückte seine Freunde, die links und rechts neben ihm auf der Bank saßen. „Ohne euch wäre ich dieses Wochenende durchgedreht."

„Kein Thema, Kumpel."

„Ja, das haben wir gerne gemacht." Da war sie wieder, ihre Hand. „Aber leider konnten wir dir nicht helfen."

„Doch. Mehr als ihr glaubt."

„Du kannst aber immer noch alles deinen Eltern erzählen, damit sie dir helfen", schlug Clara vor.

Titus schüttelte vehement den Kopf. „Nein, das würde alles nur schlimmer machen. Meine Mutter würde mich wie ein Kleinkind behandeln, mein Vater würde morgen mitkommen und die beiden zusammenfalten, und Matthias und Kevin würden dafür sorgen, dass ich für alle Zeit in der Schule als das Weichei in Erinnerung bleibe, das feige zu seinen Eltern gerannt ist. Und dann würden sie erst recht weitermachen. Ich muss da morgen alleine durch."

„Soll ich mitkommen?", fragte Chris. „Immerhin sind diese Idioten ja auch zu zweit. Das Sportfest ist um eins vorbei, danach könnte ich schnell nach Hause flitzen, mich umziehen und dann zurück zur Halle fahren."

„Und ich habe morgen nur bis zur fünften Stunde", sagte Clara. „Ich könnte auch mitkommen."

„Lieber nicht. Ich will euch nicht auch noch mit da reinziehen. Dann haben die beiden euch auch auf dem Kieker."

„Und wenn wir uns verstecken?"

„Ja, gute Idee", warf Clara ein. „Dann sind wir auf alle Fälle in deiner Nähe."

Der Vorschlag war gar nicht so schlecht. Wer wusste schon, was seine Peiniger morgen alles mit ihm anstellten?

„Na gut, aber ihr müsst euch ein gutes Versteck suchen."

„Kein Problem, wir können uns ja morgen früh ein wenig umschauen", schlug Chris vor.

Titus schüttelte den Kopf. „Nein, ich schwänze das Sport-fest. Ich komme erst um fünfzehn Uhr." Er spielte nervös mit seinen Fingern. „Oder vielleicht auch gar nicht."

Seine Freunde sahen ihn fragend an.

„Wie meinst du das?", wollte Clara besorgt wissen.

„Vielleicht sollte ich einfach eine Zeit lang verschwinden. Einfach weg. Dorthin, wo mich keiner findet. Bis Gras über die Sache gewachsen ist." Titus schaute traurig zu Boden und fuhr sich mit den Händen über sein bleiches Gesicht.

„Vielleicht komme ich auch gar nicht mehr zurück."

„Red keinen Blödsinn." Clara legte ihm die Hand auf den Rücken. „Was sollen wir denn ohne dich machen?"

Titus zuckte gleichgültig mit den Schultern.

„Ja Mann, ohne dich wär's total ätzend", sagte Chris.

„Und außerdem finde ich so schnell niemanden mehr, der so gut küssen kann wie du", lachte Clara.

Titus hob den Kopf und sah sie überrascht an, während Chris die Kinnlade herunterfiel.

Wieder spürte Titus ihre Lippen ohne Vorwarnung auf den seinen, aber dieses Mal war das Gefühl gar nicht mehr fremd. Er berührte mit seiner rechten Hand ihre warme Wange und mit der linken ihre Schulter. Es war, als wäre die Zeit stehen geblieben; nur nicht für Chris, der sich geräuschvoll räusperte. „Ähm! Ihr Turteltauben wisst schon, dass ihr nicht alleine seid, oder?"

Mit einem verlegenen Lächeln zog Clara den Kopf zurück. „Das nächste Mal küsst *du* mich aber, damit es nicht immer so aussieht, als würde ich dich trösten", flüsterte Clara grinsend, bevor sie sich mit einem gekicherten „Sorry" bei Chris entschuldigte, der nichts mehr hasste, als Verliebten beim Knutschen zugucken zu müssen.

„Soso, das habt ihr also gestern Abend getrieben", bemerkte er lachend und gab Titus einen leichten Schlag auf die Schulter. „Alter Aufreißer."

„Das… hat sich so ergeben", stammelte dieser ein wenig verschüchtert.

„Also, meinen Segen habt ihr", scherzte Chris. „Dann lasse ich euch mal ein wenig alleine." Er erhob sich.

„Nicht nötig. Ich muss auch los, sonst macht mein Vater sich Sorgen." Clara gab Titus noch einen Schmatzer auf den Mund, drückte Chris und schwang sich auf ihr Fahrrad. „Dann bis morgen in alter Frische."

Sie verabschiedeten sich voneinander und fuhren in verschiedene Richtungen nach Hause.

***

Titus bog in die Einfahrt ein, stellte sein Fahrrad in die Garage und betrachtete dann den Vorgarten. Wieso lagen auf dem gesamten Rasen Einzelteile, die verdächtig danach aussahen, als gehörten sie zum Rasenmäher?

Er zog den Haustürschlüssel aus der Tasche, öffnete die Tür und streichelte Wuschel, der ihn springend und bellend begrüßte.

„Ich bin wieder da!", rief er.

„Hallo, mein Schatz. Wir sitzen in der Küche", trällerte es durch das Erdgeschoss. Titus zog die Schuhe aus, warf seinen Rucksack neben die Treppe und lief durch den Flur in die Küche, in der seine Eltern bei einer Tasse Früchtetee am Tisch saßen.

„Na, wie war's?" Seine Mutter stand auf und drückte ihn fest.

„Cool. Wir haben eine Menge angesehen. Tolle Stadt."

„Und wie ist die Oma von Clara so?", fragte Herr Henke und blickte von seinem Heftchen auf, das aussah wie die Bedienungsanleitung für den Rasenmäher.

„Total nett. Hat ein schönes, altes Haus und einen tollen Garten." Titus zeigte mit dem Finger aus dem Fenster. „Apropos, was ist denn da draußen auf dem Rasen passiert?"

Beide schwiegen. Nur der strenge Blick und das Nicken seiner Mutter in Richtung ihres Ehemannes, der sich schnell hinter der Bedienungsanleitung versteckte, verrieten, dass dieser wohl wieder gebastelt hatte.

„Möchtest du was essen?"

„Nein, danke, Mama, ich glaube, ich gehe nach oben in mein Zimmer und hau' mich hin."

„Jetzt schon? Es ist doch erst halb acht", warf seine Mutter besorgt ein.

„Bin todmüde von der vielen Lauferei."

„Mach ruhig, mein Junge. Morgen kannst du ausschlafen", verkündete sein Vater.

„Michael!", empörte sich Frau Henke laut.

„Ach, komm schon, Margrit, die Teilnahme am Sportturnier ist doch nur für die Sportler verpflichtend. Für den Rest ist es freiwillig."

„Vielleicht motivierst du deinen Sohn mal dazu."

„Na gut!" Er wandte sich seinem Sohn zu. „Titus, hast du Lust auf das Sportturnier morgen?"

„Nein!"

„Siehste!" Es galt seiner Frau. „Hätte ich an seiner Stelle auch nicht."

Frau Henke seufzte, trank einen großen Schluck Tee und knallte die Tasse wütend auf den Tisch.

„Und unsere liebe Melanie", setzte Herr Henke fort, „hat auch keine Lust. Das hat sie mir vorhin höflichst verkündet."

„Macht, was ihr wollt", giftete Frau Henke.

Ihr Mann versuchte, sie mit einem Lächeln zu besänftigen. Dann wandte er sich wieder Titus zu. „Ihr müsst euch morgen früh allerdings selber Frühstück machen. Deine Mutter muss um sieben ins Büro und ich muss um halb acht los wegen einer Garagenräumung."

„Und danach reparierst du noch den Rasenmäher", zischte Frau Henke ihren Mann an.

Bevor die Diskussion voll in Fahrt kam, wollte Titus sich lieber zurückziehen, denn diese *Du-reparierst-aber-noch-dies-und-das*-Gespräche konnten stundenlang gehen und manchmal sehr intensiv werden. Also wünschte er eine gute Nacht, schnappte sich seinen Rucksack aus dem Flur und ging nach oben in sein Zimmer. Dort angekommen warf er sich mit dem Gesicht voran auf sein Bett und dachte sorgenvoll an den morgigen Tag.

Ich bin erledigt, geisterte es immer wieder durch seinen Kopf. Nach einer Dreiviertelstunde reglosen Verharrens zwang er sich schließlich aufzustehen und zu duschen.

Das warme Wasser fühlte sich gut an auf der Haut und er musste unwillkürlich an Clara denken. Er hatte das Gefühl, sie zu vermissen. Das war doch absurd! Sie hatten sich doch gerade erst voneinander verabschiedet. Ihm schoss ein merkwürdiger Gedanke in den Kopf, den er erfolglos wieder zu verdrängen versuchte. Hatte er sich etwa wirklich in sie verknallt? In seine beste Freundin Clara? Und sie sich vielleicht in ihn? In einen Typen, der in weniger als zwanzig Stunden zu Brei geprügelt werden würde? Er stieg aus der Dusche und trocknete sich ab. *Oh Mann, was für ein verrücktes Wochenende.*

Seine Gedanken kreisten abwechselnd um Clara und um Matthias und Kevin, als er auf seiner Matratze lag und die Zimmerdecke anstarrte. Sein Kopf fühlte sich wie Blei an und seine Füße schmerzten von der kilometerlangen Suche in der Stadt. Er fühlte, dass er hundemüde war, doch ließen seine Gedanken ihn nicht zur Ruhe kommen. Stundenlang lag er wach und wälzte sich im Bett hin und her, bis er lange nach Mitternacht endlich einschlief und in eine Welt unruhiger Träume eintauchte.

19

Er massierte seine rechte, schmerzende Schulter mit kreisenden Bewegungen der linken Hand und verzog das Gesicht. Ein Stich schoss durch die Muskulatur und ging dann als feines Ziehen weiter bis in den Unterarm. Hoffentlich hatte er sich beim Training nichts gezerrt oder, schlimmer noch, gerissen. Claudius lief ins Badezimmer und rieb die Stelle dick mit Schmerzgel ein.

Oberkörperfrei ging er danach zurück ins Wohnzimmer, setzte sich auf das rote Sofa und legte die Füße entspannt auf den Couchtisch. Er ärgerte sich über sich selbst. Er war im Fitnessstudio heute unkonzentriert gewesen, hatte vergessen sich aufzuwärmen und seine Übungen nicht sauber ausgeführt. Die Gewichte waren von ihm wütend hoch- und runtergerissen worden, als wäre er einer dieser übermotivierten Anfänger, die planlos drauflostrainierten und sich den Rücken kaputt machten.

Und das alles nur, weil ihm dieser *Titus* nicht aus dem Kopf gegangen war. Claudius kannte diesen Jungen, auch wenn er ihm nie zuvor begegnet war. Er kannte diese Sorte Mensch, die für andere leicht zum Opfer wurde und sich nicht zu wehren wusste. Er kannte diesen Jungen so gut, weil es ihm selbst in der Schule nicht anders gegangen war. Es war, als habe ihm heute sein jugendliches Ich gegenübergestanden: ein wenig moppelig, unsicher, tollpatschig und verzweifelt.

Claudius dachte an diese Idioten Mark, Sergej und Kai, die ihm die Schulzeit zur Hölle gemacht hatten, und daran, wie hart und schmerzhaft es gewesen war, zu lernen, sich gegen sie zu behaupten. Wie gerne hätte er damals selbst einen *Alex* an seiner Seite gehabt.

Er wusste, dass diese Jungs Titus morgen zerlegen und danach nicht einfach in Ruhe lassen würden. Claudius war in seinem Leben vielen solcher Typen begegnet. Das waren Menschen, die es nur auf die harte Tour lernten. Mit pädagogischem Gequatsche kam man bei denen nicht weit. Er selbst hatte sich seinen Respekt mit viel Training und zahlreichen Prügeleien hart erkämpfen müssen. Aber war das der richtige Weg gewesen?

Sollte dieser Junge den gleichen Weg gehen müssen? Hatte er diesen Jungen im Stich gelassen? Hätte er ihm helfen sollen, anstatt ihn mit einem halbherzigen Ratschlag abzuspeisen?

Je länger er darüber nachdachte, desto sicherer war sich Claudius, dass er einen Fehler begangen hatte. Aber was sollte er jetzt noch tun? Er hatte den Zettel mit der Handynummer unterwegs in einen Mülleimer geworfen. Zum Glück wusste er noch den Namen des Jungen, die Uhrzeit und den Ort. *Titus Henke oder Henkel. Gegen vierzehn Uhr an der Turnhalle irgendeiner Schule in Stettenau,* erinnerte er sich.

Mit Schwung stand er vom Sofa auf, wobei sich seine Schulter erneut schmerzhaft meldete, holte seinen Laptop aus der Schreibtischschublade und suchte im Internet nach Schulen in Stettenau. Glücklicherweise gab es nur zwei im Ort. Die eine war eine Grundschule, die Claudius aus naheliegenden Gründen ruhigen Gewissens ausschließen konnte, die andere war die Heinrich-Böll-Gemeinschaftsschule. Er notierte sich die Adresse auf einem Schmierzettel und schrieb die Uhrzeit dazu. Danach suchte er online im Telefonbuch nach *Henke* und *Henkel* in Stettenau. Er hatte Erfolg, fand zwei Einträge zum ersten Namen und speicherte diese ab. Es war allerdings bereits nach zweiundzwanzig Uhr. Heute Abend konnte er nicht mehr anrufen.

Claudius fuhr den Rechner herunter und legte sich der Länge nach auf das Sofa. Jetzt hatte er die Adresse und wahrscheinlich auch die Festnetznummer. Aber sollte er auch wirklich hinfahren?

Claudius nahm das schnurlose Telefon vom Couchtisch und wählte die Nummer seiner Freundin, von der er hoffte, dass sie noch wach war. Er musste ihr alles erzählen und sie um Rat fragen.

20

Der Wecker klackte einmal und verriet dann mit schrillem Gepiepse, dass es neun Uhr war. Die Mühe hätte er sich sparen können, denn Titus wusste genau, wie spät es war. Immerhin lag er bereits seit einer gefühlten Ewigkeit wach im Bett und starrte die Wände an. Die paar Stunden Schlaf, die ihm in der letzten Nacht vergönnt gewesen waren, waren eine endlose Aneinanderreihung von Alpträumen gewesen, die ihn in regelmäßigen Abständen immer wieder schweißgebadet hatten aufwachen lassen. Jetzt fühlte er sich, als sei ein Mähdrescher über ihn hinweggefahren.

Er hatte noch sechs Stunden bis zum Treffen mit diesen Vollidioten und er wusste, dass diese dreihundertsechzig Minuten sich wie Tage anfühlen würden. Er war jedenfalls nicht gewillt, stundenlang in seinem Zimmer zu hocken. Er musste raus und sich bewegen.

Titus schlurfte ins Badezimmer, zog sich an, schlich die Treppe hinunter, um seine Schwester nicht zu wecken, und ging in die Küche. Seine Mutter war schon längst im Büro und sein Vater demolierte wahrscheinlich gerade Elektrogeräte bei der Garagenräumung.

Hunger hatte Titus keinen, aber er wusste, dass er für den heutigen Tag Energie brauchen würde. So sehr er es auch versuchte, er konnte sich nicht überwinden, auch nur eine einzige Scheibe Brot zu essen. Deswegen überlegte er, sich einen dieser komischen Smoothies zu machen, die seine Mutter manchmal in dem laut kreischenden Mixer zusammenmanschte. Sie schwor auf diese schlabberigen Obst- und Gemüsecocktails und schwärmte manchmal stundenlang von den Antioxidantien, Vitaminen, Ballaststoffen, Mineralstoffen und Spurenelementen darin. Smoothies waren für seine Mutter der Quell ewiger Jugend und die Basis einer gesunden Ernährung sowie eines langen, glücklichen Lebens. Man fühle sich fitter, jünger, gesünder und reinige seinen Körper, erklärte sie regelmäßig. Wahrscheinlich konnten die Dinger sogar Kriege verhindern, wenn man sie richtig zubereitete.

Titus griff in den Kühlschrank und warf wahllos, weil er keine Ahnung hatte, welche Zutaten man brauchte, Gurkenstücke, Kapern, Tomaten, einen Apfel und Rote Beete in den Mixer. Dann schloss er die Küchentür, damit seine Schwester keinen Wutanfall wegen des Lärms bekam, zerschredderte das Ganze zu einer breiigen Pampe, probierte einen kleinen Schluck und beschloss daraufhin, das Haus ohne Frühstück zu verlassen.

Er legte seiner Schwester einen Zettel mit der Aufschrift *Bin weg. Komme spät wieder. Titus* hin und ging aus dem Haus. Die klare Morgenluft tat gut und er nahm mehrere tiefe Atemzüge, bevor er sich auf sein Fahrrad setzte und in die Pedale trat. Wohin er fahren wollte, wusste er selbst nicht. Er fuhr einfach drauflos, vorbei an den Nachbarhäusern bis zur nächsten Wegkreuzung, dann links ab, wieder nach rechts und über die große Hauptstraße, durch das Neubaugebiet mit den einheitlichen Fertighäusern, dann durch ein Waldstück, durch weite Felder und wieder zurück durch das Neubaugebiet. Nach einer Stunde ziellosen Umherirrens setzte er sich auf eine Holzbank im Stadtpark, zog sein Smartphone aus der Tasche und spielte Sudoku, Schach, Kartenspiele und einige andere *App-Games*, die dafür sorgen sollten, dass die Zeit schneller verging, während sein Magen vor Nervosität rumorte und seine zittrigen Hände immer wieder schweißnass wurden. *Diese verdammte Warterei,* fluchte er in Gedanken. Wenn der Tag doch nur schon vorbei wäre, damit Titus seine Wunden lecken konnte. Stattdessen reihten sich Minute um Minute endlos aneinander und die Nervosität stieg mit jeder weiteren.

***

„Tief durchatmen. Du schaffst das." Clara legte ihm die Hand auf die Schulter und lächelte ihn aufmunternd an. „Wenn es zu heftig wird, kommen wir aus unserem Versteck und dann gnade den beiden Gott." Sie formte ihre Hand zu einer Faust und hielt sie sich auf Augenhöhe.

Titus wusste diesen Aufmunterungsversuch zu schätzen und zwang sich zu einem schiefen Lächeln, das aussah, als hätte er eine Stromleitung angefasst.

„Dann vermöbeln wir die beiden zu dritt." Auch Chris formte eine Faust und ließ sie in seine offene, linke Hand klatschen.

„Es ist zwanzig vor drei. Chris und ich verstecken uns jetzt und beobachten alles von da hinten." Sie gab ihm einen Kuss auf die Wange und wollte losmarschieren, als Titus ihre Hand packte, sie zurückzog und ihr einen Kuss auf den Mund gab. Sie erwiderte ihn für einige Sekunden und löste sich dann aus seinem Griff. „Wir müssen los. Wenn ich zurück bin, will ich aber mehr davon", flüsterte sie ihm mit einem strahlenden Blick zu.

Titus nickte und sah zu, wie seine Freunde hinter den etwa fünfzig Meter entfernten, dichten Büschen und Hecken verschwanden, die den Hinterhof der Sporthalle umgaben. Er war froh, dass die beiden da waren, auch wenn sie vermutlich nicht viel würden ausrichten können. Ansonsten wusste Titus nicht mehr, was er empfand. War es Nervosität? Übelkeit? Gleichgültigkeit? Panik? Müdigkeit? Vielleicht ein bisschen was von allem.

Eine seltsame Ruhe lag über dem Platz. Weit und breit war kein Mensch zu sehen. Das Sportfest und die anschließenden Siegerehrungen waren seit Stunden vorbei, die Abbauarbeiten längst erledigt. Alles war wie ausgestorben, bis auf ein paar Krähen, die unheilvolle Rufe aus der Krone der alten Eiche krächzten. Eine leichte Brise ließ die grünen Blätter des Baumes sanft, aber verschwörerisch säuseln. Der Himmel bestand aus einer milchigen Wolkenmatte und ließ nur vereinzelt Sonnenstrahlen hindurch.

Titus stand wie angewurzelt auf dem Rasen neben der Eiche, hielt die Augen geschlossen und nahm jedes Geräusch und jeden Windhauch mit einer Intensität wahr, wie er es nie zuvor in seinem Leben getan hatte. Es fühlte sich an, als seien seine Sinne bis aufs Äußerste geschärft und sein Geist gleichzeitig völlig leer. So verharrte er, bis die Glocke der nahegelegenen Kirche fünfzehn Uhr schlug. Die Schläge kamen ihm vor wie ein kurzer Countdown, der langsam von drei herunterzählte. Doch nachdem die Turmuhr ihren letzten Gong getan hatte, war da nichts. Niemand tauchte auf. Hatten die beiden sich verspätet? Hatten sie es gar vergessen? Unmöglich! Der Gedanke war völlig abwegig. Für einen Moment überlegte er, ob *er* sich mit der Zeit oder dem Ort vertan hatte, doch auch das erschien ihm sehr unwahrscheinlich.

Titus setzte sich auf den Rasen, zog Grashalme aus der Erde und riss sie in kleine Stücke. Er spürte seinen Magen, das Pochen in seiner Brust, den Druck in seinem Kopf und das zittrige Gefühl in den Knien. Er formte kleine Graskügelchen und schnippte sie in der Gegend herum. Nichts passierte. Selbst die Krähen hatten ihr Krächzkonzert eingestellt und auch die Blätter schwiegen, als warteten sie gespannt auf das, was nun geschehen würde.

Die Kirchenglocke tat wieder einen Schlag und verriet, dass es mittlerweile Viertel nach drei war. Titus blickte in Richtung des Verstecks seiner Freunde, wo Chris seine Deckung verlassen hatte und ihn fragend anschaute. Mehr als ein Achselzucken konnte er ihm nicht zur Antwort geben. Nach wenigen Minuten zog Titus sein Smartphone aus der Tasche und schrieb Chris, dass er noch bis halb vier warten würde.

Doch auch dann tat sich nichts. Matthias und Kevin waren nirgendwo zu sehen und einen Hinterhalt hielt Titus für sehr unwahrscheinlich. Welchen Sinn hätte das?

Clara und Chris kamen aus ihrem Versteck und joggten zu ihm herüber.

„Ich kapier's nicht. Warum tauchen die nicht auf?" Titus war zwar erleichtert, doch fürchtete er, dass die Sache dadurch noch längst nicht ausgestanden war.

„Vielleicht sind die zu blöd, die Uhr zu lesen", flachste Chris.

„Oder sie hatten einfach keine Lust mehr herzukommen", überlegte Clara. „Vielleicht hat sich die Sache erledigt."

„Garantiert nicht", sagte Titus skeptisch. „Irgendetwas Merkwürdiges steckt dahinter." Er strich sich mit der flachen Hand über das Gesicht. „Ich fahre erst mal heim und ruhe mich aus. Wir telefonieren später, wenn ich nicht mehr so matschig im Kopf bin."

Erschöpft und müde verabschiedete sich Titus von seinen Freunden, stieg auf sein Rad und fuhr leicht wankend los. Der Fahrtwind, der durch sein verschwitztes T-Shirt blies, ließ ihn frösteln. Er wusste nicht, ob er sich freuen oder sich Sorgen machen sollte. Wie in Trance fuhr er die Strecke nach Hause, während die Umgebung wie durch einen Schleier an ihm vorbeizog. Sein Fahrrad warf er einfach auf den Rasen, neben den Rasenmäherkleinteilehaufen, schloss die Haustür auf und ging hinein. Erst jetzt, im warmen Haus, bemerkte er, wie kalt ihm eigentlich war und wie schwer es ihm fiel, die Augen aufzuhalten. Erleichterung, Ungewissheit und Sorge überschlugen sich in seinem Kopf und er beschloss, dass er erst einmal einen großen Schokoriegel brauchte.

Als er die Küche betrat, saß Melanie zu seiner Überraschung am Tisch und blickte ihn mit einem seltsamen Gesichtsausdruck an. Vor ihr stand eine leere Tasse und sonst nichts. Es sah aus, als habe sie nur auf ihn und diesen Moment gewartet.

„Na!", schallte es Titus entgegen.

„Na", stammelte er unsicher zurück.

„Ne kleine Radtour gemacht?"

„Äh!" Was war hier los? „Ja."

„Nichts los an der Turnhalle, was ?", grinste sie.

Titus fiel fast der Unterkiefer auf den Boden und ein Stoß Adrenalin schoss durch seinen Körper. „Woher weißt du…?"

Er brachte den Satz nicht zu Ende.

Melanie lächelte ihn schelmisch an, aber es wirkte nicht gehässig oder fies, sondern irgendwie liebevoll oder so, als habe sie eine Überraschung für ihn. Ausgerechnet Melanie?

Sie beugte sich leicht nach rechts und kramte in ihrer Hosentasche. Nach ein paar Sekunden zog sie einen zerknitterten Zettel heraus, strich ihn glatt und legte ihn vor sich auf den Tisch.

„Was ist das?", stammelte Titus verwirrt.

Melanie tippte mit dem Zeigefinger auf das Stückchen Papier. „Ruf einfach diese Nummer an, dann wirst du es verstehen."

„Ja, aber warum? Wessen Nummer ist das?"

Melanies Tonfall wurde etwas höher, doch das Lächeln blieb. „Ruf einfach diese Nummer an, dann wirst du es verstehen", wiederholte sie eindringlich und etwas ungeduldig.

Titus stand auf, zog sein Smartphone aus der Tasche und rannte aufgewühlt die Treppe hinauf. In seinem Zimmer angekommen knallte er die Tür hinter sich zu und wählte mit zittrigen Fingern die Nummer, die auf dem Zettel stand. Er war so nervös, dass er drei Versuche brauchte, bis er alle Ziffern korrekt auf dem Display getroffen hatte. Es klingelte keine fünf Sekunden, als sich eine Stimme, die ihm irgendwie bekannt vorkam, mit einem bassigen „Hallo?" meldete.

„Ja, hallo. Hier ist Titus Henke. Meine Schwester wollte, dass ich diese Nummer anrufe."

„Hey, Titus, hier ist Claudius."

„Wer?"

„Claudius! Erinnerst du dich? Gestern?"

Titus staunte nicht schlecht, als er erkannte, dass dies die Stimme des glatzköpfigen Bodybuilders war.

„Oh, hallo!", wiederholte er ungeschickt, weil ihm nichts Besseres einfiel.

„Hat dir deine Schwester schon alles erzählt?"

„Nein. Ich weiß gar nichts."

„Sind die Spinner heute aufgetaucht?"

„Nein."

„Dann ist ja gut." Claudius klang zufrieden.

„Ich weiß nur nicht, warum. Was ist denn los?" Titus konnte seine Ungeduld nicht verbergen.

„Mach's dir bequem. Ich erzähle dir alles von Anfang an."

Tatsächlich legte sich Titus auf sein Bett und versuchte, die Anspannung in seinem Körper abzuschütteln.

„Okay!"

„Also...", begann Claudius ganz langsam, „es fing alles damit an, dass ich noch einmal über deine Bitte nachgedacht habe und mir auffiel, dass wir einige Gemeinsamkeiten haben. Dann beschloss ich, dir zu helfen, doch leider hatte ich den Zettel weggeworfen, auf dem deine Daten standen."

Titus lauschte gebannt, was Claudius erzählte.

„Die einzigen Infos, die ich noch wusste, waren dein Name und dein Schulort. Also habe ich online im Telefonbuch danach gesucht und nur zwei Einträge gefunden. Beim ersten Anruf hatte ich deine Schwester am Apparat, die mir erzählte, dass du nicht da seist."

Titus ahnte, was jetzt kam.

„Wir kamen ins Gespräch und ich habe ihr alles erzählt."

Ihm lief es eiskalt den Rücken herunter. Seine Schwester kannte die ganze peinliche Geschichte also. Warum hatte sie ihn nicht längst damit aufgezogen?

„Sie hat sich alles in Ruhe angehört und dann die Idee gehabt, dass wir diesem Matthias und diesem Kevin einen ordentlichen Schrecken einjagen sollten." Claudius lachte in der Leitung. „Irgendwie schien ihr der Gedanke Freude zu bereiten, mal jemanden so richtig fertigzumachen."

Das konnte Titus sich nur zu gut vorstellen.

„Jedenfalls haben wir dann beschlossen, uns um kurz vor zwei Uhr an der Turnhalle zu treffen, um alles zu besprechen und einen Plan zu entwickeln." Er machte eine kurze Pause, um sich zu räuspern. Dann fuhr er fort. „Und als wir so am planen waren, tauchte plötzlich dieser Dennis auf. Im ersten Moment wirkte er total erschrocken, weil er wohl dachte, ich sei einer der beiden Spinner oder ein Gehilfe. Wir kamen dann aber ins Gespräch und er erzählte uns, dass ihr am Samstag in seiner Akademie gewesen seid, um ihn zu überreden, den *Alex* zu spielen. Dennis hatte, genau wie ich, nach einiger Überlegung ebenfalls beschlossen, dir doch noch zu helfen, aber er hat wohl deinen Zettel mit den Daten nicht angenommen. Er konnte sich aber noch ungefähr an den Ort und die Zeit erinnern und ist dann heute Mittag einfach drauflosgefahren, in der Hoffnung, dich dort zu treffen. Also haben wir ihn mit ins Boot geholt und uns zu dritt etwas überlegt." Es folgte eine längere Pause. „Bist du noch dran, Titus?"

„Ja", schoss es aus ihm heraus. Er konnte es nicht abwarten, den weiteren Verlauf zu hören.

„Wir haben uns versteckt und gewartet, bis die beiden Deppen gegen zwanzig nach zwei hinter der Turnhalle erschienen sind. Die beiden wollte gerade irgendetwas aushecken und haben Fotos oder Videos mit einem Handy gemacht. Danach wollte dieser Matthias sich ein Versteck hinter den Büschen suchen. Wir haben die Jungs bei ihren Vorbereitungen unterbrochen und uns einen kleinen Spaß mit ihnen erlaubt."

Claudius erzählte in allen Einzelheiten, was sich zugetragen hatte, und Titus hörte fassungslos zu. Nach etwa fünf Minuten war er fertig und beendete seine Erzählung mit dem erlösenden Satz: „Auf jeden Fall dürfte sich das Problem erledigt haben."

Titus konnte es nicht fassen. Die Geschichte war zu schön, um wahr zu sein. Er stammelte etwas in sein Handy, wusste jedoch selbst nicht, was er versuchte zu sagen. Endlich brachte Titus etwas Verständliches zustande, das jedoch nur aus einem einzigen Wort bestand: „Danke!"

Mehr Worte brauchte es nicht, denn im Klang dieses einen Wortes steckten so viel Dankbarkeit, Erleichterung und Hoffnung, dass selbst ganze Romanbände es nicht überzeugender hätten ausdrücken können.

„Kein Thema, Kleiner. Ich wünsche dir alles Gute und sei du selbst. Verbieg dich nicht für solche Idioten. Sei stolz darauf, der zu sein, der du bist."

Mit diesem Satz verabschiedete sich Claudius und legte auf. Wie betäubt lag Titus noch einige Minuten reglos auf dem Bett herum und dachte darüber nach, was er gerade gehört hatte und was heute passiert war. Plötzlich klopfte es an seine Tür und Melanie steckte grinsend den Kopf herein.

„Melanie!" Titus rang nach Worten. „Danke, dass du..."

„Jaja", zischte sie halb genervt. „Du schuldest mir was. Und jetzt werd' nicht sentimental, du Weichei. Ich wollte nur diesen beiden Pennern eins reinwürgen."

„Behältst du die Geschichte für dich?"

„Welche Geschichte?"

Titus lächelte erleichtert. „Danke!"

„Klappe!" Mit einem gespielt finsteren Blick knallte sie die Tür zu und ließ ihren Bruder wieder alleine.

Anscheinend war sie tief in ihrem Inneren gar nicht so ein Biest, wie sie immer tat. Wahrscheinlich mochte sie ihn sogar. Und er mochte sie, auch wenn sie mit Abstand die anstrengendste Schwester auf der ganzen Welt sein musste.

Noch einmal riss Melanie seine Zimmertür auf. „Ach so, ganz vergessen, du schuldest mir zwanzig Euro von der Kohle, die ihr eigentlich euren Schauspielern geben wolltet."

„Nichts lieber als das, Schwesterherz. Nichts lieber als das."

Melanie stöhnte genervt. „Das war ein Scherz, du Vollhorst. Trotzdem habe ich was gut bei dir."

„Alles, was du willst", lachte er. Titus wusste, wer am nächsten Wochenende ihr Zimmer aufräumen und am Montag ihre Mathehausaufgaben machen durfte. Aber das würde er mit Freude und Inbrunst tun; jedoch erst, nachdem er den Rasen für Chris' Hausmeister gemäht hatte.

Grinsend schnappte sich Titus sein Smartphone und rief zuerst Clara und dann Chris an, um ihnen alles zu erzählen.

21

„Ganz schön mutig von euch, hier aufzutauchen." Matthias und Kevin fuhren erschrocken herum und sahen in Melanies provokant dreinblickendes Gesicht. Sie hatten sie nicht bemerkt, weil sie ihr den Rücken zugedreht und Ausschau nach einem guten Versteck gehalten hatten.

„Was willst du denn?", schnauzte Matthias. „Verpiss dich!"

„Glaubst du, wir haben Schiss vor deiner Lusche von Bruder?"

„An eurer Stelle würde ich das Maul nicht so weit aufreißen. Alex ist stinksauer."

Die erschrockenen Gesichter der beiden verrieten, dass sie jetzt ihre volle Aufmerksamkeit hatte. „Ihr habt Glück, dass er nicht persönlich auftauchen kann, weil er beruflich im Ausland ist."

„Ach nee. So ein Zufall", entfuhr es Kevin.

„Aber keine Sorge, er hat zwei seiner Jungs geschickt, die jeden Augenblick hier ankommen müssten und die sich um euch kümmern werden."

Beinahe hätte Melanie vor Schadenfreude applaudiert, als die Gesichter der beiden ein zweites Mal vor Entsetzen erblassten, doch sie konnte sich gerade noch zusammen-reißen.

„Ich wollte euch nur warnen, weil ich irgendwie Mitleid mit euch habe. Auch wenn ihr alles dafür getan habt, euch eine ordentliche Tracht Prügel zu verdienen."

Melanie las die Mimik und Gestik der beiden und sah, wie sie innerlich mit der Frage kämpften, ob das ein Bluff war und sie bleiben sollten, oder ob wirklich gleich zwei Typen auftauchen und sie vermöbeln würden.

„Na, dann viel Glück." Sie sagte es mit einem ironischen, fast schon boshaften Unterton und ging pfeifend davon.

„Meinst du, das stimmt, was sie gesagt hat?", fragte Matthias, während er besorgt hinter Melanie herschaute.

„Ach, Quatsch! Der verarscht uns, weil er Angst hat. Der glaubt, dass wir darauf reinfallen und weggehen." Wirk-lich überzeugt klang es jedoch nicht. Die Minuten vergin-gen.

„Ey, seid ihr Matthias und Kevin?" Ein drahtiger, dunkel-haariger Mann in Tarnhose und schwarzem T-Shirt kam energisch um die Ecke an der Turnhalle gebogen und mar-schierte schnurstracks auf sie zu. Sein Blick war stechend und strahlte etwas Aggressives aus. Ihm folgte ein glatzköpfiger Mann, der mindestens die doppelte Schulterbreite zu haben schien und dessen Oberarme es ihm wahrscheinlich ermöglichten, Kokosnüsse zu zermalmen, als wären sie überreife Weintrauben. Er starrte nicht weniger wütend als der Mann in der Tarnhose.

„Ich hab euch was gefragt. Seid ihr taub?" Er war nur noch etwa zehn Meter von Matthias und Kevin entfernt, deren Gesichtsfarbe sich in ein käsiges Grau verfärbt hatte.

„Äh...", begann Matthias mit zittriger Stimme.

„Äh, was?", brummte es ihnen bassig vom Glatzkopf entgegen. „Wir sollen uns hier um zwei Flachpfeifen kümmern, die mit unseren Kumpels Alex und Titus ein Problem haben. Also, seid ihr das?"

Kevin war der erste der beiden, der einen halbwegs geraden Satz herauspressen konnte. „Nein, wir haben kein Problem mit denen. Ehrlich – ich schwöre!"

„So, und warum sind wir dann hier?" Der Mann in der Tarnhose überragte sie um mindestens einen Kopf, der Glatzkopf um zwei. „Soll das heißen, mein Kumpel Claudius und ich sind den weiten Weg umsonst hergefahren?"

„Wir wollten nur etwas mit Titus regeln." Matthias klang wie ein Kleinkind, das man beim Kekseklauen erwischt hatte. „Ganz ehrlich, Herr…"

„Ich heiße Dennis." Er ließ die Finger knacken. „Soll das heißen, dass Alex und Titus das falsch verstanden haben?"

„Ja, bestimmt! " Kevin nickte heftig.

Nun übernahm wieder Claudius. „Wollt ihr damit sagen, dass unsere Kumpels dumm sind?"

„Nein, nein!" Kevin hob beschwichtigend die Hände. „Das war alles ein Missverständnis. Wir wollten uns nur unterhalten. Mehr nicht."

„Sehr ärgerlich, dass das ein Missverständnis war; vor allem für euch. Wir sind nämlich nicht umsonst hier, denn Alex hasst es, wenn seine Anweisungen nicht ausgeführt werden."

„Anweisungen?", entfuhr es Matthias fast panisch.

Die beiden Männer schwiegen und starrten die Jungen einfach nur an.

„Bitte, wir wollen echt keinen Ärger. Wir haben kein Problem mit Titus und auch nicht mit seinem Freund Alex."

„Sicher?" Dennis setzte seinen geübtesten Psychoblick auf. „Wenn wir nämlich noch einmal herkommen müssen, haben wir nicht so gute Laune wie heute."

„Ganz sicher!" Matthias war ziemlich bleich um die Nase und blickte gehetzt zwischen den Männern hin und her.

„Ja, ganz sicher", wiederholte Kevin.

„Dann können wir uns darauf verlassen, dass die Sache erledigt ist und ihr unseren Kumpel Titus nicht mehr belästigt?"

„Ja."

„Titus ist eigentlich ein echt cooler Typ", schleimte Kevin, während Matthias ihn trotz seiner Angst gedanklich als *Arschkriecher* abstempelte.

„Na, dann ist ja gut", brummte Claudius.

Die Männer wollten gerade gehen, als sich Dennis noch einmal umdrehte, als wäre ihm etwas eingefallen, auf die Jungen zuging, sein linkes Nasenloch zuhielt und das rechte mit einem lauten Zischen auf Matthias' Shirt entleerte. „Den hat Titus dir noch geschuldet. Ich denke, jetzt seid ihr quitt."

Gemeinsam gingen die zwei um das Turnhallengebäude herum in Richtung Parkplatz, wo Claudius' Fahrzeug stand. Dort angekommen klatschten sie sich lachend ab.

„Saubere Leistung", gratulierte Dennis.

„Kann ich nur zurückgeben", erwiderte Claudius. „Auch wenn mir die beiden zwischendurch richtig leidgetan haben." Er öffnete seinen Mercedes mit der Fernbedienung seines Autoschlüssels. „Komm, steig ein, ich fahr' dich zum Bahnhof."

22

„A uf uns, unseren tollpatschigen Titus und darauf, dass wir jetzt einen Haufen Verrückter kennen." Mit diesen Worten erhob Chris lachend sein Glas mit Zitronenlimonade. Die anderen taten es ihm gleich und stießen laut klirrend an, während ihnen die Freitagnachmittagssonne ins Gesicht schien. Sie saßen in den bequemen Möbeln auf der Dachterrasse der Küsters und ließen die Ereignisse der letzten sieben Tage noch einmal Revue passieren.

„Und, wie läuft's mit deinen beiden Lieblingsvollpfosten?", wollte Clara schließlich wissen.

Titus grinste. „Super. Ich habe sie die Woche kaum gesehen, und wenn, dann haben sie nur ein wenig mürrisch geguckt." Tatsächlich war die Schulwoche sehr erholsam gewesen. Matthias und Kevin hatten ihn in Ruhe gelassen und sich auf andere Baustellen, wie Fahrradständerbeschmieren, heimliches Rauchen, ausgiebiges Mülltonnenumtreten und Sechstklässlerschubsen, konzentriert.

Titus hatte sich die Woche über *sauwohl* gefühlt und war gut gelaunt und selbstbewusst in die Schule gegangen. Ihm war klar geworden, dass er sich nicht verändern musste. Ihm war auch klar geworden, dass er keiner dieser obercoolen Pseudogangster werden musste. Er hatte gemerkt, dass er die ganze Zeit nach etwas gesucht hatte, das bereits da gewesen war, und erkannt, wie wichtig seine Freunde für ihn waren. Er war außerdem froh, dass Matthias und Kevin ihn in Ruhe ließen.

Hatte er die Situation auf die, wie seine Mutter es bezeichnen würde, pädagogisch ungeschickteste Weise gelöst? Klar, keine Frage! Hatte er sich dämlicher angestellt als ein Walross in einer Ballettschule? Oh, ja! Hatte sein Übermut ihn und seine Freunde in ein ungeahnt stressiges und nicht ungefährliches Wochenende gestürzt? Aber sowas von!

Doch trotz aller Strapazen, all der Sorgen und der vielen Probleme hatte sich alles zum Guten gewendet. Vielleicht nicht auf die schlauste und ganz bestimmt nicht auf die unkomplizierteste Art und Weise, aber dennoch auf eine wirkungsvolle.

„Ich denke, es ist soweit", verkündete Titus. Eine feierliche Ruhe kehrte ein und er entsperrte Chris' Notebook, das vor ihm auf dem Tisch stand und ihn mit einem sanften Harfenklang begrüßte. Er tippte einige Sekunden auf der Tastatur herum und blickte dann in die Runde.

„Sehr geehrte Damen und Herren, wir haben uns heute hier versammelt, um Abschied zu nehmen von Alexander Stahl, einem völlig überflüssigen Hirngespinst. Ich darf die Anwesenden um Trommelwirbel bitten!"

Clara und Chris trommelten im Gleichklang mit den Fingern auf den Tisch, während Titus den Button *Account endgültig löschen* betätigte.

Die Bestätigung erschien. *Das Profil von Alexander Stahl wurde endgültig gelöscht.*

„Das war's", raunte Clara.

„Es ist vollbracht. Gut gemacht!", lobte Chris.

„Nein, noch nicht ganz", warf Titus ein und tippte wieder auf der Tastatur herum. Nach einer halben Minute betätigte er abermals den Button und löschte dieses Mal seinen eigenen Account.

„Den brauche ich *auch* nicht mehr. *Jetzt* ist es vollbracht!"

Er schaute mit einem zufriedenen Blick in den Himmel und dachte nach. Freundschaft war kein digitaler Firlefanz. Freundschaft bestand nicht aus Links, Klicks, Likes und sinnlosen Kommentaren. Freundschaft war etwas Reales; etwas, das man erlebte, das man spürte und das man nicht mit der Maus erklicken konnte. Und manchmal wurde aus Freundschaft sogar noch mehr. Titus senkte den

Kopf und schaute zu Clara hinüber, die seinen Blick lächelnd erwiderte. Aber das würde die Zeit erst noch zeigen müssen.

Er klappte das Notebook zu und lehnte sich zufrieden in seinem Stuhl zurück.

Zusammen mit Alexander hatte er auch den alten Titus Henke zu Grabe getragen und keiner der beiden würde aus der digitalen Vernichtung wiederauferstehen.

Alexander der Große und sein Erster Offizier waren weg. Sie waren gefallen, ohne selbst in die Schlacht gezogen zu sein.

Titus erkannte, dass er den alltäglichen Krieg im Leben nicht mit Waffen gewinnen konnte. Es würde immer wieder Idioten geben, die ihm das Leben schwer machten. Da konnte auch ein Alex nicht helfen. Doch darum ging es auch gar nicht. Denn während er die ganze Zeit nach einer Waffe gegen seine Gegner gesucht hatte, hatte er das Entscheidende übersehen. Der wahre Sinn seiner Odyssee war nicht gewesen, seine Feinde zu besiegen, sondern seine Freunde zu erkennen.

ÜBER DEN AUTOR

Thomas Koopmann wurde am 12. November 1984 in Barßel (Niedersachsen) geboren und wuchs in Ostfriesland auf.
Nach dem Abitur und dem Wehrdienst zog er nach Hessen und studierte in Darmstadt Deutsch und Geschichte auf Lehramt.
Seit 2013 unterrichtet Koopmann an einem Gymnasium in Baden-Württemberg.
Er lebt zusammen mit seiner Frau Franziska in der Nähe von Heilbronn.

Zeitfracht Medien GmbH
Ferdinand-Jühlke-Straße 7
99095 Erfurt, Deutschland
produktsicherheit@kolibri360.de